Kinmen Ⅲ Pause1987~1997

解嚴前後金門十年影像誌

董振良的影像

前言

21世紀知性·感性的冒險

古希臘人相信地中海西部的出口兩側，矗立著兩根名為赫拉克萊斯的柱子。這兩根柱子是人類往西航海的極限，滿懷希望的航海者來到這一柱子的面前，常常因為遠洋航海技術的闕如，而強抑心中的躍動知性，不得不委身於痛哭失望的深淵。這兩根柱子是人類探尋新事物的極限象徵，也可說是人類知性宿命的隱喻。人類經由不斷的知性思索，創發出精深多變的科技文明。哥倫布發現新大陸，不只意味著人類擺脫「知性宿舍」，更使人類邁向真正的地球村。幾世紀以來，人類不斷地運用一己的知性，使得知識的傳播速度越加地快速，這樣的知性冒險更使人類之間的相互理解越加變得可能。但是，在這些可能性的過程當中，人們卻經歷了新大陸發現後的種族奴隸、屠殺、宗教戰爭、兩次世界大戰等知性的失控與感性的沈淪。似乎人類在駛出赫拉克萊斯之柱以後，面對茫然浩瀚的大海，還是不斷地產生挫折。

我們有感於人類知性·感性冒險的重要，甚而希望使知識成為萬人之所有，故而敞開知性·感性的大門，使人類得以共同參與21世紀知性·感性冒險的旅程，基於這種信念我們規劃「思想生活屋」的系列。21世紀的人類，如何找尋屬於自己落英繽紛的「桃花源」，如何走向融融和樂的「愛麗斯樂土」，如何榮登莊嚴璀璨的「華嚴世界」呢？人類的歷史愈加往前發展，愈加需要對於一己的文化諸領域作根本性的眺望與探索。經由這樣契而不捨的努力，我們將會使知識走出學者所思索的殿堂，成為萬人所握有的力量。探索未知的領域，回到人類文化的原點是我們期望於「思想生活屋」的責任。我們所開啟的領域是著眼於地球「共時性」所正永續、繼起的文化現狀，所投企的意圖

是引航人類文化跨越幾經被扭曲、幾經被忽視、幾經被摒棄的根源性文化，諸如經典名著、文學、天文、神話、宗教、情慾、惡魔學⋯⋯等等都是我們探索的領域。我們絕不因循固有的文化發展理念，而是基於廣義的人文開創的可能性，從事出版企畫。希望這樣的出版計畫能為讀者打開知性‧感性的第三隻眼，從容地悠遊於廣漠無垠的智慧星河當中。

　　兩千多年前的希臘孤島上，留下這樣的一句警言：「認識自己！」即使我們能運用高度的科技文明來探索未知領域，然而這些努力也都只是藉以認識自我所需要的手段，並非目的。我們的目的，就是運用這些技術使萬人得以舒適、幸福地生存於地球上。科技文明越是進步，知性的深化、感性的駕馭更形重要。所以我們為了根源性地「認識自己」，以希臘神話人物的圖像，表示我們所要探討

的諸學問領域。西方文明起源於希臘，近代學問體系起源於人類混沌時期對於神話人物的詮釋，這不正符合我們所秉持的回歸人類原點，重新審視自身存在價值的宗旨嗎？親愛的讀者，讓我們一起開始我們知性‧感性的冒險旅程，認識自己與生具有的生命本能，肯定自己足以運用這種本能的能力，重新握有自己對各種文化的詮釋權利吧！

　　本社出版品書背所使用的學問領域與希臘神話人物的對應表如下：

宙斯　　　哲學‧心理學‧宗教學
阿波羅　　自然科學
維納斯　　藝術‧趣味
雅典娜　　言語‧文學
赫拉克萊斯　歷史‧地理‧
　　　　　　民族‧民俗學
阿萊斯　　社會科學

序言

反攻歷史

陳映真

對台灣而言，「八二三砲戰」是國民政府對抗共黨的「光榮戰役」。但從戰後世界史看，金門是國際冷戰和國共對峙的最前線，而所謂前線，所謂金門，更是長年肩負著「堅強戰地」的神聖使命。然而，八二三以及隨後長達二十載的「單打雙不打」的漫長砲攻，卻是金門這片土地與人民，佈滿瘡痍與血淚，難堪回首的「反攻歲月」。

董振良的影像記錄了金門這片土地上所發生的一些事跡，由於這些描述是發自人民底層的聲音，傳達了最真實的經驗，於是，竟在自然真情流露中，顛覆了官方宣傳的「神聖戰役」、「光榮戰地」的歷史角色。因此，光榮的歷史也被「反攻」了，人民的聲音也逐漸獲得釋放的空間。

在古寧頭戰役中，古寧頭地區民房被強制徵用，田園土地被強佔為軍用，受盡戰火蹂躪，一直到解嚴後的今日，房屋土地的損害仍得不到補償，甚至產權

也被沒收充公，投訴無門。在五０年代幾次劇烈的砲戰中，金門人被組織成「民兵」。制服得自己花錢買；在戰火中出任務，軍方不供伙食，得由鄰里長在槍林彈雨中冒險挑著家裡備好的飯，前進到火線上，供民兵在戰壕裡吃；等待補給船時，在海邊春寒中挨凍受餓；船來時在猛砲火中的海灘搶送物資，死亡狼籍，肚腸四肢橫飛。但直至今日，金門砲戰紀念館中只表彰大忠大勇的國民黨將校兵，沒有一個金門民兵入祀，受到應有的彰顯，更不必說事後應有的賠償。

在董振良的《反攻歷史》等影像中，倖活下來的金門民眾不斷地說：「彼當時哦，金門人性命不值一隻螞蟻」。這使人想起第二次世界大戰末期日本對琉球所施加的殘酷的歧視和不仁。當日本在太平洋戰線全線潰敗，反法西斯同盟軍節節向日本進逼，日本就企圖以琉球玉碎死戰，犧牲琉球來擋住盟軍向日本

本部進攻，使琉球人在「琉球戰」中死亡殆半。

我們應該怎樣看待同樣曾被日本人統治過，口操幾乎與台灣一樣的閩南話，在國共對峙的前線背負著「國家安全」體系沈重壓迫的金門人？在以台灣為中心，金馬為邊陲的「反共基地」體系中，金門青年被教育成心向台灣，但在生活上他們卻受盡了中心台灣的歧視。台灣的知識分子、政治、民眾長期以來抹煞和忽視金門，已經達到一種蔑視的地步。

依我看，強烈的報導知性，映像敘述上的美感和思想上的獨立、徹底（radical）和批判性是現代紀錄片的起碼要素。五０年代金門數次砲戰中，金門民眾自衛隊苦澀、慘絕的歷史，是從來不曾被披露的台灣戰後史，在題材上，《反攻歷史》有令人震撼的報導知性。映像敘述上，在自然光下，經歷了砲戰年代倖存下來的金門父老，生動的現場敘述，接上砲戰紀錄片、砲戰紀念館，偉人英雄的陳列和照片，構成十分強烈的真實和辛辣的反諷。全片映像語句和邏輯精確、真誠，又有一份難得的冷靜。

當然，《反攻歷史》中也存有一些問題。錄音、攝影器材有明顯缺陷；剪接的邏輯粗糙等明顯易見。進步、獨立的紀錄影像作品，大多受到資產缺乏，器材粗略等不利條件的制約。久而久之，不免產生「獨立、進步的作品的技術粗糙理當被容忍」的通論。有時候，對技術器材的容忍、還擴大到藝術形象粗劣的容忍。這嚴重地影響了獨立、進步出品在思想、感情、審美上的滲透力和宣傳上的影響力。獨立的、前進的製作，因此尤其要在粗糙的、艱苦條件下，在技術要求、製作品質上，做最高而嚴格的要求。這就如苦命的孩子就應該更加刻苦上進，是一個道理。

但是由於「反攻歷史」內容的深刻，使瑕不掩瑜，「反」片仍是近年獨立製作紀錄片感人、深邃、強力的傑作。

歷史與參與
董振良的影像風格

曾壯祥

當我們把電影視為是一種影像創作的時候，我們可以上溯至靜照攝影及繪畫，而發現三者之間有一脈相承的關係。事實上，我們還可以往現代推演到錄影的出現，而把錄影也看作是電影之後，更新的一種影像創作媒介。可是，反過來說，如果我們仔細去察看這四種媒介的時候，我們也不難發現，四者之間還是有相當不一樣的差異性。

最主要的差異是：在創作的過程中，作者與被描摹對象之間，存在著相當不一樣的美學經驗。

當一位畫家要畫一片風景、或一個人的肖像、或紀錄一件事情的時候，在他描摹此對象之同時，他可能正在想的是他自己心中的感觸或美感經驗，因而設法把對象轉化為他心中理想的影像。在這樣的創作過程裏，畫家只是一個靜態的觀察者，與對象之間有一段美感的距離。一直等到靜照攝影的出現，人們便發現影像創作已變為自然生活中真實片刻的呈現了。

攝影師當然還是可以利用很多攝影技巧，把影像賦與特別的效果，轉化出特別的感受，但是，攝影的基礎卻已變為事物變化中「瞬間」的紀錄。靜照攝影的能力是保存了歷史的片刻，所以它永遠有紀錄過去時光的感覺。

因此，在創作過程中，攝影師在真實生活中與他所拍攝的對象雖然已經有了動態的相互關係，但在最後的成品裏，靜照終究是一個凝固的「瞬間」。最後，電影與錄影的出現，終於把這些「瞬間」的影像連接起來，讓我們看見被拍攝對象自然流動時每一個「瞬間表現」，及其在時光中的轉變。而且在這樣的創作經驗裏，也讓作者無可避免地被捲入其創作過程之中，因而參與了被拍攝對象在現實生活中瞬息萬變的狀況裏。

這就是為什麼電影看起來永遠是現在式的，有令人如臨其境感覺的原因。而

電影這種特質，在紀錄之中，最容易彰顯出來。

董振良紀錄片之中的被拍攝對象主要是人，特別是金門人，以及金門的環境，也就是他的家鄉。所以他的影像風格便自然地從他對這些人和地方的關懷中，表現出來。他讓他們在樹下開講，在舊屋旁開講，在厝內開講，而當那些老人家在「反攻歷史」一片中談到以前被軍隊拉去做苦工、冒著炮火搶灘時，其爭先恐後發言的情況，我們便能直接感受到那種經過很久的壓抑，現在終於可以毫不隱瞞地坦然說出他們心中的不平、恐懼和艱苦的心情，自然而且生動。這就是紀錄片「瞬間」紀錄所發揮的力量。如果導演能夠耐心地讓對象慢慢地展現他自己，而不強作主觀的干預，他就能自然地捕捉到最真實的影像。我們不只從這些老人家口中聽到口述的民間歷史，而且還親自目睹了當事人的情緒變化。同一影片中另有一位佝

僂著身體的老婦，講述當炮戰進行之際，她不管金門兵士的嚇阻，不管指揮軍官的命令，不畏危險，理直氣壯地表明她要到自己田中工作時透露出她果斷而有活力的性格特質。另外還有一位瞎了一只眼的老者陳述他被徵召去開船載運物資，卻被船槳打瞎了眼睛，但依然忍痛把船開回金門的往事。從這些人的回憶中，我們才知道所謂「古寧頭大捷」、「八二三炮戰」，在金門人的眼中看來，原來是滲滿了悲傷的記憶，以及失去親人的傷痛。這麼多年來，他們不止付出了田地，付出了房屋，他們甚至付出了生命，不幸死於戰爭，然而他們的名字，很諷刺地卻不能進入那些「八二三炮戰」的紀念碑裏，遂為人所遺忘。

這些老者和金門人在面對攝影機陳述往事的時候，能夠如此直接地侃侃而談，給人真實而親切感覺的原因，我想是因為作者董振良也是金門人，他比較

瞭解他們，而且知道在什麼時候他們會顯現真實面貌，顯現他們所謂的「鄉親味」之故。這就是在紀錄片拍攝之中，作者「參與」的重要性證明。

作者對拍攝對象的瞭解，以及他是否能夠與他們建立親近的關係，常常是能否拍好影片的關鍵因素。

事實上，董振良不僅僅是「參與」而已。在早期的作品如「返鄉的尷尬」與最近的「媽媽遺失／撿到的孩子」之中，他自己還現身於攝影機前，讓我們看見他直接的情感流露。在其他的作品之中，即使看起來比較客觀的作品如「反攻歷史」、「單打雙不打」、「長槍直入」、「X島嶼之兩門相望」等等，他的身影其實也若隱若現。我們在影片中常常感到一種專注而又關切的目光在察看這些金門的人和事。而且因為經過長時間的觀看，這些人的形象，（例如「反攻歷史」中瞎眼的老人），開始穿透畫面，而成為金門人的痛苦吶喊。

另一方面，董振良影片中的金門，也是充滿了金門人特別回憶的地方。金門的村莊、低矮的老厝、村前的風獅爺、還有那田野之間夾雜碉堡、軍事防禦工事、軍事設施、防空洞，以及那牆壁上醒目的標語，寫著如：「消滅萬惡共匪」、「誓死保衛台灣」、「反共抗俄」等等，成為另一種金門特有的景觀。這樣景觀的畫面因此也成為他的影片中反覆出現的影像，而他更進一步地利用這些影像來結構他的影片。例如「長槍直入」片中的打靶場，便是很好的例子。同樣的靶場空鏡頭重覆出現在影片中，已變成影片的視覺特色。在內容上也是因為這靶場打靶的原因，而影響了附近民眾的日常生活。所以在內容與影像設計二方面，便有相同的互相增上的意義，這當然是最自然不過的事。特別的是，這樣的處理影像方式，可以令影片有一個精簡而有力的視覺風格，每一次重覆出現的畫面，不但不會令人

感到沈悶，而且因為影片內容的漸進累積，而產生新的洞見。這樣穩定而簡單重覆的運鏡方式，反而有了意義上的延伸作用，增加很多的想像空間。

其他影片亦然。如「單打雙不打」中，便有不斷重覆出現牆壁上的反共標語，其顯現出來的，是金門被作為戰地的無奈；「X島嶼之兩門相望」中，金門廈門相望的空鏡頭，所顯現的是濃濃的鄉愁；另在「媽媽遺失／撿到的孩子」中，不斷打電話的鏡頭所顯現的是，靜靜地對親人的思念之情。所以我們才知道金門環境中這些景觀和事情，其實也載滿了人的記憶，和歷史的記憶。

所以整體而言，當董振良去拍攝這些人和事的時候，他是靠得很近的，直接的去拍，而且更因為有相同記憶的原因，在清楚瞭解他所拍攝的對象之時，他會找到一個相當簡單的觀點，來做為整個影片的視覺主調，遂使得，所傳達的訊息反而更清楚有力。

蕃薯島影像誌

《金門解嚴前後十年影像誌》的緣起
烽火歲月蕃薯心。

楊樹清
[金門報導社長、金門學叢刊總編輯、金門文獻委員]

金門，一座難以描繪定格的海隅。

明嘉靖乙丑，以歲貢歷國子監助教的洪受，隆慶戊辰（公元一五六八年）書成金門最早方志《滄海紀遺》，自序「同安背山面海為縣治，而海中之山，可居者有五，浯洲其一焉。浯之生齒，蓋在萬計也。我國家之建置；為千戶所者一，為巡檢司者司四。其所以捍衛邊圍、尊厥民居者，亦云備矣。二百年來，休養生息，教化涵儒，人材之生於其間者，防荐辟、登科第、起歲貢、而育鬢宮者，彬彬甲於上都矣。然民風俗尚，多從簡樸、而無市井紛華之弊。其於不二之老，宏博之儒，貞在在可數焉。」

四百多年前的洪受，在勾勒「浯洲」金門的方志時，即已感受到這塊島嶼，既是「海中之山」，又「捍衛邊圍」，其次「登科第」、「起歲貢」，最後回歸「民風俗尚，多從簡樸」。

這種夾處中原邊陲的島鄉身世，複雜與多樣，驚奇與敦厚。四百多年後，再來看金門，明鄭以來的兵家之地，持續到一九九八年五月二十九日，隨著最後一個戰地、軍事屬性的《金門馬祖東沙南沙群島安全及輔導條例》在國府立法院三讀廢止，「金門」才勉強卸下戰地征衣色彩。然而，國、共冷戰對峙的局面依然存在，台海戰爭風雲是否再掀起波瀾，金門能否完全擺脫戰地？戰役的島嶼宿命？無解。

金門之奇，「固若金湯，雄鎮海門」，其一；「紫陽過化，海濱鄒魯」，其二；「中原文化的傳輸台灣的轉繼站」，其三；「南洋的僑鄉」，其四；土地、人文、砲火、冷戰等，多層關係的錯綜盤結，定位金門，殊難。地緣、血緣親十二海里處的大陸閩南，當代的政治屬性又與一五五海里外的台灣島形成命運共同體，海洋大學教授楊文衡在出席民進黨《金馬經濟政策白皮書》研討會上，一語道出金門人的「祖

國迷失」：在兩岸之間擺盪，「祖國」究竟是中國或者是台灣？

當下台灣本土意識抬頭，「台灣第一」、「台灣優先」，這對封閉型的金門島人而言，不止認同混沌，而且傷感。金門籍台灣大學工學院院長楊永斌的名言「金門人是未淪陷的大陸人，講閩南話的外省人」，說得多麼傳神。當「芋仔」和「蕃薯」在台灣喊的漫天價響，身處「蕃薯」原鄉的閩南金門人，也跳脫不了台灣省以外的福建金門「外省人」。既是「蕃薯」，又是「芋仔」。金門人是「蕃薯」的歡喜心，也是「芋仔」的悲苦心。

「蕃薯」得一「番」字，源於明朝萬曆年間鄉人「落番」（番屏閩語南洋也）之後帶回故里的品種。這種俗稱「地瓜」，又是「甘薯」美名的作物，相較於「黃帝的零食」，早於南宋朱熹次金門牧馬王祠時即有的製作貢糖的花生，要年輕太多；但又比國民以後，北方移

入的高粱作物元老許多。如果要金門人票選最有感情的作物，非蕃薯莫屬。1999年初金門文化節活動中出現的烽火歲月蕃薯情主題，就是最好的詮釋。

　　定位金門，「戰地」太悲烈，「人文」太古老，「僑鄉」太沉重。說是「蕃薯島」，既親切又鄉土。言種定位，早於魯王朱以海，南明寓居金門，以蕃薯三餐主食，鄉人以「蕃薯王」或「地瓜王」世代相傳三百多年。可見「蕃薯」是多麼深植人心。清朝金門鎮總兵署的總兵們，歷經了一百零一任，不是來自山西、海澄、新會，就是自南澳、漳州，僅同治元年的總兵許揚洲是金門人。一零一任總兵，給歷代黃帝的奏摺中，在報告了海防巡哨之餘，實在缺乏可稟報皇上的議題，因而出現大量的報告金門蕃薯作物生長情況的奏摺，以蕃薯的豐收與否做為百姓安居樂業的標準。

　　蕃薯島的蕃薯心，一個比較真實的金門與金門人吧！螢火蟲映像體製作、董振良著、國家文化藝術基金會獎助出版《金門解嚴前後十年影像誌》一書，紀錄切片了蕃薯島的政治軍管社會變貌，攝下了人民呼喊解嚴、擁抱土地的影像；也錄下了人民渴望民主、回復清平的聲音。用影像說故事，也用故事說影像，來自民間的鏡頭，屬於人民的觀點。一如金門作曲家李子恆詞曲<蕃薯情>所唱出的：

細漢的夢是一區蕃薯田，有春天啊有風霜
蕃薯的心是這呢軟，愈艱苦愈能生存
故鄉的情是一滴蕃薯奶，尚歹洗啊尚久長
蕃薯的根這呢深，愈掘愈大攢尚好種
感情埋土腳，孤單青春無人問
夢鄉穿跑砲彈，滿山的蕃薯藤切不斷
阮是吃蕃薯大漢的金門孩，黃種白仁心赤赤
咱是靠蕃薯生活來疼惜生命，
著愛一代一代傳過一代聽(吃)

contents
目次

0.定格/凝視

PAUSE

定格，做為一種凝視．．．．
為什麼定格？
影像靜止，
故事凝結，
不願讓歷史
稍　縱　即　逝　。

為什麼拍片？
一種複製影像的作為。
表面上複製的是影像，
其實複製的是心，
一種思考，一種感情，
就如
凝　視　。
去凝視的，
從非鏡頭，也非眼睛，
而是思索與感情。

影像流動不羈
歷史馬不停蹄
定格／凝視
嘗試索讀的是
現象背後
生之意義、死之意義、爭戰之意義、
命運之奧秘．．．．。

多年來，凝視著這方
承載著兩岸間最多愛恨的島嶼
如今，定格再度承載了島民的凝視，
遂看見
島嶼變遷的百年孤寂。

吉 光 片 羽　　歷史一幕幕，在腦海中再度上演，思潮如湧，
生命中走過的歡喜悲苦，龐大蔓延，無可喘息，但在歷史洪流中，
所有的刻骨銘心，卻只在一瞬間灰飛湮滅，命運如這方島嶼，其龐
大如我一生駐足的全部，其卑微又如海上一方不起眼的塵土。

國共戰火延燒到金門的那年(1949)，李寶治還是個二十出頭的新嫁娘，當初，乘著一艘輕舟，小姑娘從金門嫁到了廈門。總是看著娘家近在咫尺、兩地船隻來來去去，怎想到，一夕之間，蔣軍、共軍陸續南進，硬生生切斷了數百年來金、廈門的緊密聯繫。

從此，隔著一道2000公尺不到的海域，兩軍各據一岸，而家鄉，遂成了虛浮的海市蜃樓，儘管魂牽夢引，卻可望不可即。

1993年，李終得返鄉，然而等待她的，已不是夢中父母的容顏，而是一坯荒蕪漫漫的黃土。《大陸新娘》

那時，陳振堅才二十七歲。

年輕的遊子，隻身在台北生活，他很想回家過年。三年了，他一直申請不到「金門入出境證」，當局因為他在台北參加金馬請願活動，不准他返回金門。家中老父老母殷殷等了三個過年，都沒等到人。

第四個過年前，思鄉的他變造了一份入出境證，闖關回家。

結果被關進金門監獄。

如今，三十七歲的陳振堅，已在家鄉有著安定的工作。回不了家的痛苦，使他再也不輕易離開金門。《解密831》

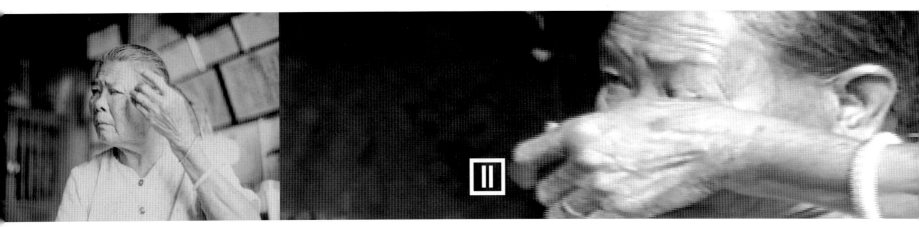

最令她驕傲的大兒子，爭氣地當上了公務員，回村裡來擔任村長。

村公所離靶場不遠，大半個碧山村，其實也在靶場的射程之內。每天早，在瀰漫著煙硝味的空氣中，目送兒子出門，一方面覺得欣慰，一面又潛著隱隱不安。

雖是三十年前的事了，她不會忘記那天，一陣子彈呼嘯飛過的「咻咻」聲響，不久，村長兒子被抬了回來，身上的流彈孔血流如注。熟悉的兒歌傳來，卻被唱成：「我家門前有大砲，後面有靶場....」《長槍直入》

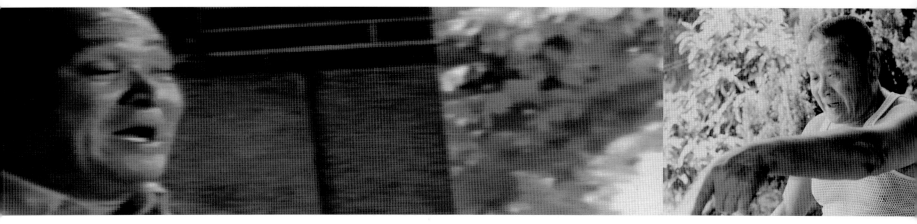

許多人的聰明，可以從眸子看出，洪根福失去了雙眼，卻掩蓋不了他明銳的思緒、過目不忘的記憶。

1948戰事方酣，國軍徵調小金門的民船，派他擔任船隊的隊長，領導十數艘帆船。在一次風雨交加的救援行動中，船槳擊中他的左眼，但他仍英勇完成任務，光榮領取國軍頒發的獎章。

不久，洪根福的右眼跟著失明，同時，隨著駐軍建築工事的需要，村中田地被佔、房子被拆，連宗祠都無法倖免，原本自恃資質不錯、一心大志的他，最後只領到一張沒有用的補償證，等著「反攻大陸」後獲得實現。《反攻歷史》

並肩坐在坦克車前，誰會料想得到，這對恩愛的老夫老妻，一個曾是瘋狂崇拜毛澤東的紅衛兵，一個曾是誓死效忠蔣氏領袖的反共戰士？

呂水通和洪淑棉夫妻倆，是1994年金廈結合的第二春。兩人從村莊散步到「八二三紀念館」前，看著英勇戰士紀念碑，忍不住又爭執起來，「當初你們金門打得我們好慘，害我抱著棉被逃難....」

「你們打得才厲害，97萬發砲彈，人連逃都沒地方逃，只能在地洞下苟延殘喘」

叨著昔日的苦難，兩人攜手在坦克車前坐了下來，四目相視，不禁好笑。

隨著這些武器的作古，往日的仇恨、敵對，於今終於煙消雲散，讓人輕鬆了起來。《大陸新娘》

開始扛起攝影機時，董振良並不知道
自己日後將會紀錄下近代金門最重要的
歷史轉折與社會變化。

圖中所蹲的地方，是舊時代幾十年
來，福建省政府的所在—台北縣新店
市。

1987年，金馬民運團體來此請願，省
府不予理會，他們遂抗議福建省政府為
何不遷回金馬，與金馬共甘苦。

1996，福建省政府終於遷回金門，昔
日舊址，而今荒廢、雜草叢生，只餘那
片刺目的門牌，依舊閃閃發亮。

蹲踞在此，俯看著這片省府遺跡，好
像還看見昔日自己被擋駕在圍牆下的情
景，不覺荒謬至極。《解密831》

1.戰地密碼　風化的歷史物證

想像中「戰地」的神秘面貌，
其實並不神秘，
只是需要留心探尋。

一字排開在海岸線上的反登陸叉、
如石林般聳立田野的反空降柱、
斑駁爬滿古厝牆上的政宣口號、
蔓延地底的防空地道……

這些不起眼卻怪異至極的裝置異數
正是暗藏著戰爭密碼的
戰地遺跡

試著解開
這些殘破的戰爭密碼，
試著閱讀
這些日漸風化的歷史遺跡，

會發現
四十年戰地的孤苦魂魄
似乎還在島上遊棲
而三十年不斷的硝煙氣息
也還揮之不去

戰地裝置異數　　裝置，做為一種藝術，在戰地，
卻做為一種異數。

這是一批戰地軍事裝置：六千根的反空降樁

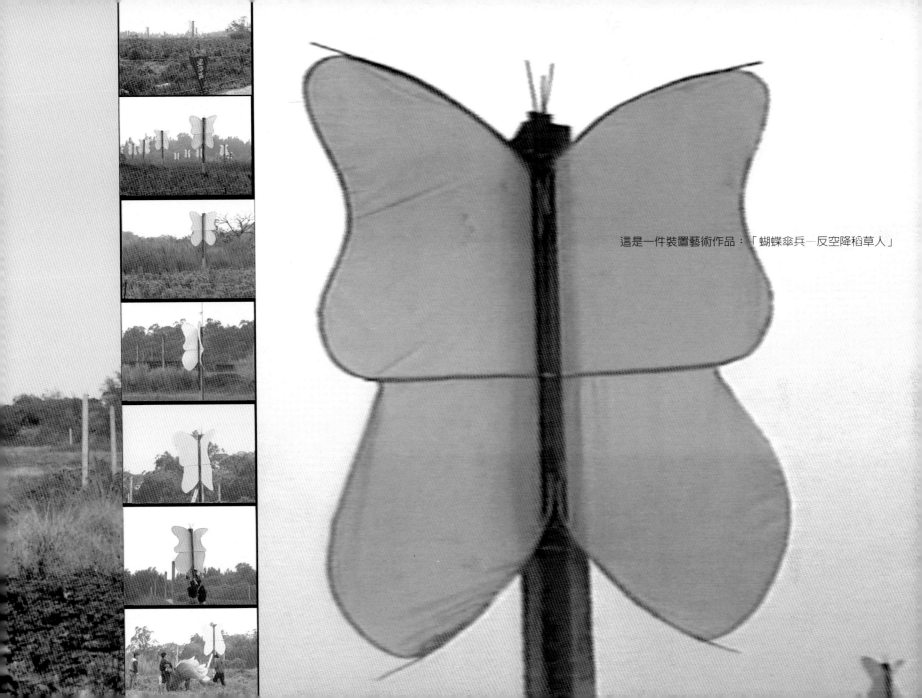

這是一件裝置藝術作品：「蝴蝶傘兵—反空降稻草人」

民國六、七十年間，「金門防衛司令部」下令模造大量的「反空降樁」，令之矗立在金門所有平坦的田原上。

它們是一根根高三公尺、長寬各約十五公分、頂部鑲有三根鐵叉的水泥石柱，原意是為了防止中共傘兵 的空降行動，但因反空降樁佔據農地，引發輿論微詞，因此當局又宣稱，此柱亦可供農民當葡萄架使用，一舉數得。

不久，六千根高聳的反空降柱，很快爬滿了島上所有的農地，成為島地上奇特的石林景觀。

當然，從沒有農民利用它來種植過葡萄，只有在引牛耕田時，難免抱怨兩句作業的不便與困擾。

1993，一位文化大學美術系畢業的金門青年許鴻文，在與農民溝通過後，將中央公路旁的一百根反空降柱，改造成一百隻鮮黃色的巨大蝴蝶。

蝶翅迎風招搖，像要迎上天去。

農民恨不得這些反空降樁果然就飛上天去。至今，六千多反空降樁依然挺立田間，對許多不解的觀光客來說，這些反空降樁只是不起眼的怪柱。但對深受其擾的金門農民來說，不用再特別佈置、強調，這批怪林本身已經夠荒謬、夠突兀、也夠異數了。

光禁

黑色的燈罩，意味著 一 個 光 禁 的 時 代 。

　　做為戰地前線，金門必須是一片烏漆嘛黑，以免光亮成為砲擊的焦點。

　　連續二十年「單打雙不打」的砲擊，就是這樣一片黑暗無邊無際漫延的歲月。1978美共建交，進入後冷戰時代，砲擊終告停止，但金門氣氛依然肅殺詭譎。然而，對岸廈門已開始轉向發展經濟，急遽拋棄掉戰地之身。

　　到了80年代，從金門海堤，已可看到對岸廈門的大樓一一林立，入夜之後，甚至可以開始看到霓燈閃閃爍爍。

　　可是金門仍然掛著黑燈罩，一絲光都透不出去。黑暗未過，彼岸已大放光明，這樣的反差對比，看在咬牙苦撐的金門人眼裡，豈止百感交集。一直到1992年底解除戰地政務以前，金門都還實施著嚴格的「宵禁」。

　　93年底金門開放觀光後，島上才逐漸鋪設路燈，而這些家家戶戶必備的黑燈罩，也就漸漸廢棄，餘有存者，就成了不合時宜的歷史遺跡了。

牆語　時代裝飾建築語彙

建築，是生活的具象化。

從建築外貌的變化，就可看出外力影響生活的程度。

外力侵入生活越多，建築的變化就越劇烈。

成為戰地前線之後，百年的閩南古厝，就全披上了兵戎的裝束。

村莊與屋厝，很快改變了一種裝扮。

在以戰鬥為依歸的前提下，所有自然村落被重新規劃為「戰鬥村」，村頭村尾矗立著作戰的口號；平日晒地瓜乾的廟埕，則成了民防自衛隊集訓的操場；家家必備的防空洞，不是一座兩座建立在屋旁，而是以蟻穴般的地道形式，神秘綿延在整個村子的地下，四通八達。至於那些百年的閩南古厝，已成為民房與軍營的混合體。

連隊的公佈欄，就製掛在祖厝的廳堂；

「管、教、養、衛」的軍中教條，大刺刺書寫於民家的窗壁上；

各式標語隨阿兵哥來來去去，輪番上陣，爬寫著每一片的花崗石牆；青天白日的軍徽，更以最高榮譽的象徵，完全佔據了原先懸掛著家族光榮匾額的地方……；

從標誌著顯耀的門楣，變成了軍徽開始，廣大的金門老百姓，也就逐漸變成了次級的軍隊：男女皆兵，全被編制為民防自衛隊，這是「軍民合一」時代的鼎盛階段。

在這時代裡，戰鬥是最高生存原則，所以外觀上，粗糙的油漆標語，取代了雕樑畫棟，內涵上，軍隊的管理，則進駐了民間的生活。

看這些古蹟級的百年老厝，穿著不合身的戎裝軍衣，這些軍管才見的建築語言、戰地才有的特殊裝飾，所標示的，是一段卑微求生的歷程、是一個不由自主的時代。

昔日漆牆

阿兵哥會開始在這些牆上書寫或繪圖,其實是有一個體制上的開始的。

這開始於,村莊變成他們的營區,民房變成他們的營舍。

從1948年國軍初來的時候,持續到1970年代中後期。

由於國軍數量龐大,初來乍到之時,根本無營舍可用,遂全部暫居民房,雖然駐軍一邊建構著軍營,但人數實在太多,是百姓人口的數倍,當時的軍營實在不敷所需,所以一直到七十年代後期,都還有軍隊寄居在民家。即使不住在民家,許多營舍也就蓋在村中或村旁。

可以說,長達二十年的時間,軍與民,一直住在同一個屋簷下。

以至於這階段長大的小孩,都以為軍人是日常生活中自然的一部份;但軍人是與百姓不同的另一族群,是身份位置比較「高」的一群人;部隊,更是小孩眼裡一個吃得好、又神氣的高等世界。

軍人對他們好,他們會覺得感激,若氣起來罵他們「死老百姓」,也沒有人敢吭一聲。良善伯在紀錄片《反攻歷史》裡笑談金門百姓的單純,不禁歡說:難道阿兵哥的父母子女不是老百姓嗎,但當時沒人敢這樣想。他笑說,沒辦法,金門人太善良啦。

就這樣,金門百姓乖乖讓出房子的一半空間讓軍隊居住,任阿兵哥漆寫著反共標語,覆蓋掉那些從唐山辛苦運來的美麗建材,甚至,眼睜睜看著他們拆下了古老的門板、石條,去當做建築碉堡的材料。

最後,一個個本來古色古香的閩南聚落,就真正演變為一個個名副其實的「戰鬥村」了。

斑駁牆語

這些標語，標誌著同一個軍事統治的時代。

但仔細讀來，會發現它們其實又細標著蔣家政權的不同階段——

「殺朱拔毛」、「反共抗俄」，是蔣介石強勢主政的時期，當時蔣權落魄奔逃台灣，滿心不甘，溢於言表。

「管、教、養、衛」「建國、復國」，都出現在極盛的軍政時代，是蔣政權鞏固後，逐行進一步管理組織的階段。

「效忠領袖」及所有「效忠」字眼的，是蔣介石在位中晚期之時。連後繼的蔣經國，也不敢自比領袖，之後所有「領袖」用語，全推崇專指其父蔣介石。至於「永懷領袖」，則是1975年蔣介石過世後，新興的標準專門口號，亦流行十年之久。

「三民主義統一中國」，則貫穿各個階段，使用的普遍率最高。因為它代表的是蔣氏政權的「正統」與「合法性」。教課本的「三民主義」，蔣介石的論述就佔去一半，強烈指涉蔣氏政權繼承國父一脈，是中國唯一的合法政權。

在這教育體制及政宣口號的潛移默化中，蔣氏政權宣達了它他統治台、澎、金、馬的合理性，於是能逐行嚴格的社會控制。還好現在，這些標語已漸漸斑駁褪逝了。

記得拍電影「單打雙不打」的時候，因為片中時代背景的需要，我們必須徵求一位屋主阿婆的同意，要將她那片屋牆剝落的標語，再補漆還原，當下，阿婆就跟我們說，就讓你們補漆一下吧，不過拍完後，要幫我把所有的字都漆掉，就全部漆成一塊灰也罷。她說她再也不要看到這些字跡，陰魂不散地跟著她的老厝了。

金　剛　不　壞　的　想　像　　做為戰地前線，金門必須滿足外界「固若金湯」的期待。而砲彈，則以襲擊披靡之姿，最能帶來一種「金剛不壞」的想像。

砲彈 . . . .
. . . . , ... , ... , ...
. . . .
. . . . .

所以，一進入烈嶼，就有一個近五公尺高的巨型「砲彈」，聳立在羅厝村門，那是小金門紀念八二三的砲彈紀念碑，標榜著不屈不敗的戰地精神。

而金門菜刀，以砲彈殼鑄造而成，因為懷著剛硬如金的想像，所以名為「鋼刀」，成為金門最重要的「戰地特產」。

1978「單打雙不打」砲擊停止以前的金門小孩，無一不曾撿拾過砲彈殼到打鐵舖去販賣，久而久之，金門菜刀的盛名，就在這硝煙味中打造出來。這些中共打來的「宣傳砲」，造就了許多小孩的零用錢，卻也造成一些小孩的意外。如流行一時的「那卡西」走唱歌手「金門王」，就是因為小時候撿拾彈殼，不小心撿到未爆彈，傷及兩眼，造成失明，從此才流浪台灣，在淡水茶室走唱苦難的半生辛酸。

砲彈，帶來意外的苦難，也帶來意外之財：它造成島地無數的傷亡，卻也擋住了共軍的入侵：它既是百姓害怕的兇猛武器，也是冀求平安的保護符碼。所以，我們又看到，殘留於那戰亂時代，一個特有的戰地象徵—砲彈殼，取代了古老的屋頂「風獅爺」，成為鎮煞避邪的圖騰。

的確沒有比砲彈更兇猛的怪物了，對純樸的金門百姓而言，即是萬獸之王的獅子，其威力恐怕也不敵摧枯拉朽的砲火彈雨；於是冀求砲彈的神威助力，提供一家的平安保護，遂成為這個戰地社會可接受的共同心理。

附帶一個小小的資訊：光是「單打雙不打」期間，小小的金門島上，就承擔了967,632發砲彈，平均地說，每方圓144公尺之內，即可能飛來一記無名的砲火襲擊。

金 門 圖 的 輪 廓　沿著海岸線，勾勒一個金門的輪廓，才發現筆觸之至，混雜著揮之不去的火藥氣味。

餘燼

就像每個以發展觀光為職志的海島一樣，金門也擁有相當優良的海上觀光資源，尤其從飛機上鳥瞰金門，看見那島形的輪廓，被勾勒在潔白的海岸線裡，就引人不勝嚮往。

台灣少有的幾處沙岸，多是黃沙滾滾，唯一位於北海岸的白沙灣，其海岸線不但不若金門灣的平緩優雅，其沙質更不能媲美金門白沙的清淨細滑。

然而，過去限於軍事安全的理由，綿長的海岸線皆嚴禁一般人靠近，近來雖逐漸放鬆管制，然而，美麗的海岸仍存在著另一種可望而不可及的距離——

我們無法不注意到，一道道反登陸的倒叉，正尖銳地列陣於潔白的海岸上，更恐怖的，一塊塊書有「雷區」字樣的鮮紅警告標誌，正佈滿許多海岸邊緣。

軍方曾表示，要拆除這些海岸地雷相當困難，一來是地雷埋設於何處根本不可考，總是透過誤踩地雷的爆炸事件，而新添一處「雷區」警誌；此外，拆除工作不僅危險，而且所需經費、技術與設備，都將耗費不貲……，言下之意，似乎這些戰地遺跡，可能像活化石般永久留存？

還好，隨著年久月深，那些地雷多已漸漸超過有效期限，危險性逐日降低，但未徹底清除，總是不盡安全。而大多住民對雷爆的記憶，仍餘悸猶存，海邊的路，若非熟識，還是不敢隨便亂走。

海岸線的戰火氣息，除了隱藏在潔白的
沙灣裡，也瀰漫在周遭的海域上。

金門島圍的許多礁石及無人島，長期
來就做為砲兵演習的射擊靶，經年累月
的砲擊，使得這些礁島，瀰漫著揮之不
去的火藥味，也使得砲雷的墳場，從島
上的海岸，一直延伸到無盡的海底。

於是，以黑色的硝煙為底，戰地金門
的輪廓，開始勾勒出她的島形。

反登陸叉

如果火藥硝煙是襯底，那麼「反登陸叉」就是沿著金門海岸繪出一圈島形的線條。

從廈門嫁來金門的洪淑棉，跟丈夫來到海邊撿螺，看到這些突兀的反登陸叉，不禁凝然；問她怎啦，半晌，她才勉強笑說：這些尖刺，是準備把我們大陸船刺刺破的吧。

大太陽底下，反登陸叉一字排開，閃閃發亮，刺目異常。金門的海岸線優雅平緩，登陸上岸毫無屏障，為了阻止大陸船隻進犯，我軍在所有的金門沙岸上，佈署了成千的「反登陸叉」。

這些反登陸叉，像是站衛兵般，列隊整齊地矗立在白沙上；銳利的尖端，直指著對岸，挺立的腰桿，像是表態它的忠貞和堅強，但它庶衛著海疆的同時，卻也阻隔著島民接近海洋。

「反登陸叉」其實是一件有力道的裝置；其意象如此明確而強烈。

沒有人會懷疑它的警告意味。所有遙望彼岸的人，都懂得那道鐵防代表他所能遠眺的極限。而所有意欲進入此疆的對岸友敵，也都明白如要跨越這道防線，必須付出極大的代價。

四、五十年代金、廈兩岸間經常發生的「水鬼」事件，就是為了挑戰這道不可侵犯的界線。那時候，兩岸的蛙人或特種部隊，經常會在月黑風高的深夜，悶聲不響地泅上對岸，有時偷偷散置一些傳單，有時更撂住一個海防哨兵加以殺害，並且砍下他的頭顱、或是割下一只耳朵——一方面宣示他們已成功跨越對方的疆界；一方面用以製造紛亂、引發人心惶惶。這樣的殺手部隊，即是俗稱之「水鬼」。所有站哨的、守海防的，最怕的就是撞上水鬼，而這樣的「水鬼」，在那陰冷的時代裡，卻經常穿梭兩岸、相互較勁來往。

還好如今陰風已過，「反登陸叉」已不如當初尖銳，許多潮間帶的野蚵、貝類，紛紛棲身在這些反登陸叉上，生存、繁衍。

自然，漸漸風化了人力的作為。

隨著海水潮汐，「反登陸叉」日益鏽蝕，時局也漸漸轉變。

拍第二部金門電影的時候，演員走在兩排反登陸叉之間，才發現這些鐵叉原來長得比人還高。董振良抬頭看看這些銳器，說：以前海邊連靠近都不能靠近，更不要說拍攝。

鏡頭拉到不遠的海面上，十幾艘大陸漁船正在作業，儼然這裡不是金門海域，而是廈門灣。直到有一艘大陸船靠得非常近，就停在離反登陸叉200公尺的地方，海防崗哨才傳出幾聲急躁卻無力的哨響，權充驅離。

由於前幾年發生過幾起驅趕大陸漁船、造成漁民傷亡的事件，為了不昇高兩岸對立氣氛，所以對於大陸船的進犯我海域，軍方通常低調處理。

然而，食髓知味的大陸漁船，卻經常到我海域炸魚，以增加他們的漁獲量。

漁民們說，大陸那邊也會管制炸魚，

所以他們的船都來我們這裡，因為我們這裡管不動、很自由；可是一炸魚，什麼大的小的、海底的所有東西，全都死光光了，金門漁場的漁種也越來越少了。

如今，金門漁船出海，已沒有幾艘是真的去捕魚了。他們乾脆直接與大陸漁民交易。在金廈海域上，兩岸漁民熱烈地交換漁獲與新台幣；昔日的仇視與敵對，瞬間已成過往。政策上爭議不斷的

小三通，由兩岸漁民率先實踐了起來。

過去，這些反登陸叉，對外阻隔著共軍和大陸船、對內則封閉著金門島。

現在，大陸船的距離越來越靠近，金門人也大膽跨越了邊界。

漸漸地，「反登陸叉」這道鐵製邊防，終於出現了裂痕。

98年夏天，就在這道界線上，一艘大陸船駛近，小心地向岸邊吆喝；海邊幾個蚵民，則好奇而謹慎地向海面驅近。

兩方都四下張望周圍有沒有阿兵哥巡防，並相互打量；最後，一箱水蜜桃統一了雙方，兩邊在交易中達成愉快和解。

不多久，在海邊有大陸攤販船的消息，就在口耳相傳中傳開了。大陸漁民帶來農產品及日常用品，就在海陸交界處、反登陸叉的見證下，與金門百姓當場交易了起來。熱鬧起來的時候，五六艘船齊聚海邊，幾十個金門蚵民挑選貨

品，儼然一個小小的市集；偶爾海防阿兵哥發現，吹哨驅趕，大夥兒便一哄而散，但阿兵哥走了，兩方漁船與蚵民又悄悄接近，趕不勝趕。

隨著潮汐侵蝕，「反登陸叉」這道鐵製防線，終於出現了裂痕，並逐漸成為金門殊異的歷史殘餘。

當這些戰爭歷史遺跡逐漸風化， 蛻變成需要解讀的 密 碼 時， 意味著下一個階段的 動盪即將展開……

2.民運孤影 噤聲的民主吶喊

即便
憤怒　哽在喉頭
滿滿地　蠢蠢欲動
依然不能說

縱使
無聲　曝曬在烈日下
蒼白得　令人毛骨悚然
依然只能沉默

思念那鴉雀無聲的島鄉
吶喊著想要回家的渴望

思鄉成疾
只因為　名字
被列在黑暗的名冊上
——是對吶喊的懲罰

不知道
還要多久
黑暗的家鄉　能見光

還要多久
噤若寒蟬的戰地　能歌唱

還要多久
被禁錮的孩子　能回家？

返鄉的敢尬 吶 喊 與 遠 觀

翁明志，是第一個走上台灣街頭，高喊「金馬解嚴」的金門人。

那次吶喊過後，翁明志被國防部限制，不准返回金門，足足兩年。

第三年，翁明志報名參選立法委員，才因為當局遭到「競選不公」的非議，而准許翁明志返回金門五天。那是多年來，他唯一可以踩在自己家鄉土地上，對自己鄉人高喊「金馬解嚴」的機會。

但這時，金門當局也已做好萬全準備：提早部署的社會控制，使得翁明志

在金城街頭的吶喊，無人敢加以理會。部份忍不住好奇的，也只敢躲得遠遠的，戒慎恐懼地觀看這個金門異類。

翁明志發出金門第一次吶喊的時候，是民國七十六年，那時蔣經國總統才剛宣佈「台灣解嚴」，而金門卻未在解除戒嚴地區之內。

舊體制雖開始鬆動，但金門的控管仍然嚴格、思想依然保守。尤其，大多金門人仍以「忠貞愛國」的形象自豪，對他們來說，抗議、遊行、示威、請願……這些行為簡直就是反政府，體制外的抗爭行為不被接受、也不被諒解。

所以在當時，翁明志因為抗議而回不了家，卻沒有多少金門人同情他。

不同情他也罷，他倒也沒想到，大家居然還害怕接近他。

金門日報的社論上，公開批鬥翁明志，說他是假金門人，因為真正的金門人應該是效忠領袖、擁護政府的。金門物資供應處的大門掛著的標語寫著「揭穿台獨陰謀」，暗示著翁明志是主張台獨的民進黨，別有「陰謀」。坊間也議論紛紛，怎麼我們忠黨愛國的金門人裡面，會出現這樣的叛徒？

如果大家有機會聽翁明志訴說原委，或許還可溝通理念，但麻煩的是，只要有人接近翁明志的服務處，或有人拿取他的傳單刊物，這個人很快就會遭到軍警的關心、盤問。為了避免惹禍上身，大家看到翁明志來了，便會退守一旁，只是遠遠地對他進行觀察。

電視候選人

金門人這樣對異議人士保持極度的安全距離，並不只發生在翁明志回金門來的那五天。在他還未獲准回鄉時，他的二哥及朋友，已先回到金門來幫他助選。

為彌補本尊缺席的不足，金門影像工作者董振良，為翁明志拍了一捲向金門鄉親談話的錄影帶，影帶透過一台小電視機沿街播放，可是敢趨前來看的人，仍為數不多。

幾名高中生駐足在電視機前觀看良久，

被學校老師撞見，隔天，這些高中生也不免被叫去辦公室關心一番。

身披競選布條，為翁明志助選的二哥，挨家挨戶散發傳單，但大家卻以過去看待「共匪宣傳單」的態度對待。

沒有人敢收下那些傳單，好不容易一個老先生收下了，他卻說：「這寫啥？我看不懂啊。」二哥說：「沒關係，你拿給你少年仔看，再叫他講給你聽。」二哥繼續沿街散發，不久，一個年輕人氣沖沖地奔

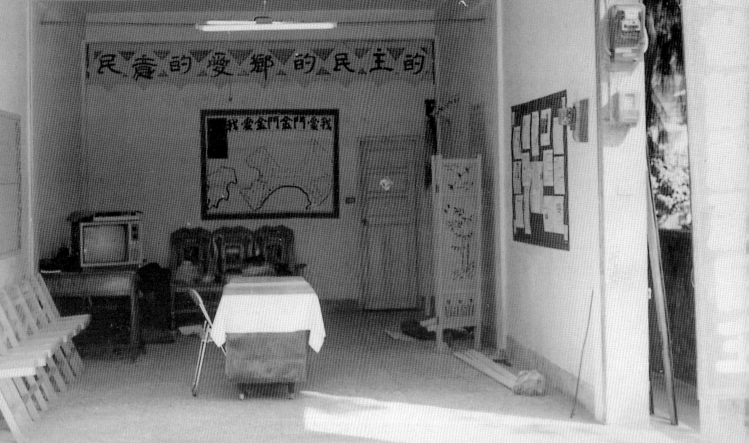

上前來，手上正是剛給老人的傳單。他把傳單拋擲在地，痛罵，「你們不要害我們，也不要害金門好不好！」

手上的傳單連發都發不出去，競選的人連回來都回不來，翁的二哥雖然臉上還是極力掛著「我不是壞人」的善意笑容，但心裡已經淌血了。

於是，除了投票前獲准回來的那五天，整個競選活動期間，翁明志只能以「電視人」的怪異形象出現——

電視機固定在車頂，好像一顆翁明志的頭，整個宣傳車就是他用以戰鬥的身體，競選布條就披掛在車肩。雖然擴音器不斷發出「金門需要民主」的理念，但已習慣對中共播音宣傳「聽而不聞」的金門人，很容易地把雜音自動拒絕，聽不進耳去。

這是戰地政務以來，金門第一次有反對黨的聲音出現在島上。雖然選舉結果一如預期慘敗，但這已預告了金門漫長的戰地歷史，終將進入一個蛻變的時代。

返 鄉 的 敢 尬

戰地社會的荒謬性，從政治上反映出來，最為一針見血。

但如果不是透過紀錄與發表，對外界來說，金門的封閉神秘依舊，誰也不曉得它處於什麼樣的荒謬與真實。

《返鄉的敢尬》便是第一部赤裸裸揭露金門戰地政治生態的紀錄片。

雖然已經是1989年，蔣家政權已經走入歷史，但戒備森嚴的戰地，依然連V-8家用攝影機都在管制之列。

董振良是金門第一個拿起攝影機，專注拍攝民間紀錄片的導演。

但在金門，動態攝影的禁忌始終難以突破，面對這樣的封鎖，董振良只能以平面照相機攝下千百張照片，努力拼湊出另一種從不被看見的金門真實。

那樣的金門，與官方說法的「三民主義模範縣」是迥然殊異的。

這些真實定格的影像，加上董振良第一人稱的自我敘述，加以組合貫穿，竟突破了平面照的極限，構成了一部風格突出，訴求強烈的紀錄片─《返鄉的敢尬》。

這部片子紀錄了民國78年底的金門立委選舉情況。保守的金門，第一次出現一個反對黨的金門子弟參選，整個金門國民黨、軍、政體系，全體動員起來，以種種荒謬的行徑，緊張地加以打壓。然而，當時的金門百姓對此卻噤若寒蟬，或視而不見。

對片中主角及本身所受的委屈與不平，作者以第一人稱，平靜地誒誒道來，真實動人，也為戰地戒嚴對社會造成的扭曲，留下了一個最好的時代見證。

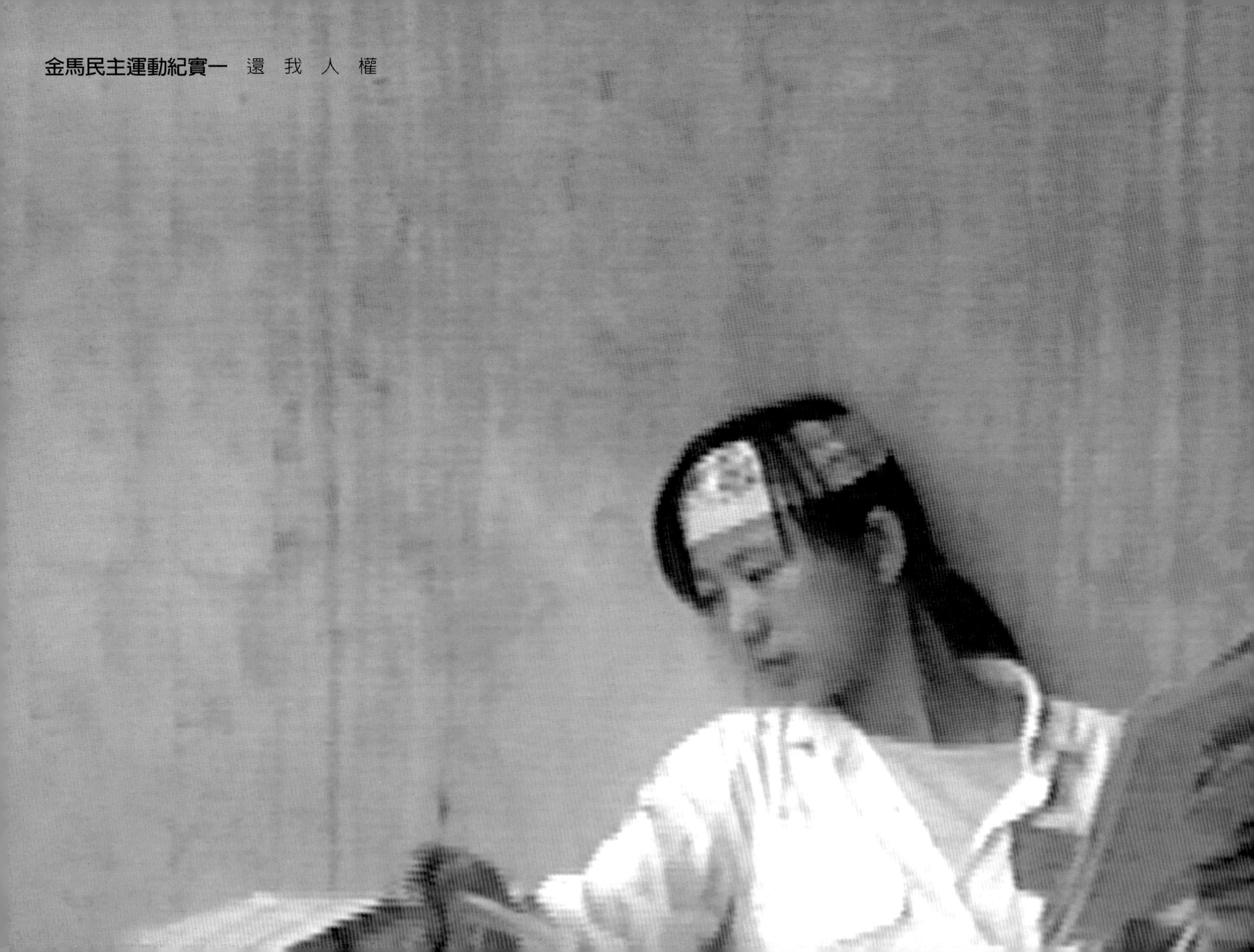

　　民國七十六～八十年間，是台灣威權體制鬆動、社會運動最為蓬勃的一段時期。當台北街頭的社會運動一波接一波、如火如荼地開展時，金門地區卻更加戰戰兢兢地，以更嚴格把關的姿態，強調前線不同於後方，而將整個島嶼控管在保守噤塞的氣氛當中。

　　然而，在台灣的金門遊子們，卻已感受到時代的變遷，尤其感受到金門與台澎地區待遇上的不平等，於是開始一連串的民主改革運動。

　　民國七十六年，台灣終於宣告解嚴，但金門卻未能同步解嚴，金門人董群耀為家鄉寫了一首歌「我的家鄉是戰地」，不久，這些歌在部份同鄉口耳中流傳，也漸漸喚起了遙盼著家鄉解嚴的民主渴望。只是，金門人單力薄，這樣的聲音，始終未能喚起外界的迴響。

　　一直要到五年後，又經過無數次的爭取奮鬥，金馬才解除戰地政務，結束了長達四十年的軍管歲月，也解除了世界近代史上最漫長的戒嚴令。

民國76年7月15日
台灣解嚴

民國76年8月21日
赴福建省政府請願「金馬解嚴」、「開放觀光」、「實施地方自治」

民國76年10月9日
赴立法院、行政院、監察院請願「開放電話直撥」、「開放民航」、「取消金馬幣」、「金馬解嚴」、「實施地方自治」

民國77年初
因上述抗議，三位運動人士被列為「黑名單」，不准入境金馬

民國78年2月7.8日
於立法院請願及舉辦公聽會

民國78年8月19日
金馬愛鄉聯盟「金馬問題面面觀」座談

民國78年8月23日
金馬第一次「八二三大遊行」於台北舉行

民國78年10月21日

立法院前舉辦「金馬禁忌特產」，陳列出攝影機、照相機、收音機、藍球、鴿子、救生圈….等各式在金馬被禁止管制之物

民國78年10月31日

中正紀念堂空飄氣球回金門，表示金門資訊封鎖，無法傳遞

民國80年5月7日

中華民國終止「動員勘亂時期」，金馬卻再度戒嚴，金馬鄉親赴立法院持續十一日夜的抗爭

民國81年6月17日

「金馬安全輔導條例」通過，金馬各界皆聲明反對

民國81年11月7日

金馬宣佈解除戒嚴令，逐步開放報禁、宵禁等

民國82年底

金馬回歸地方自治，首次民選縣長及縣議員

　　發生在民國76年到82年這段期間的金馬民主運動，基本上以「爭取人權」為主要訴求。

　　其中，對金馬來說，最基本要解決的，當屬民76年所請願的「金馬解嚴」、「實施地方自治」了。

　　如果不是因為實施「戰地政務」，金門人不用做二等國民，人權上不會出現種種不平等待遇的問題，也不會發生那麼多軍政商掛勾的弊端。

　　然而在此之前，金門實施的社會控制，畢竟還是十分嚴格的，這樣的控制侷限了行動、思想、言論的自由，更影響了民生的進步與發展。

　　於是，「開放電話直撥」、「開放民航」、「取消金馬幣」等聲音逐漸出現，大家已經不願意再當「堅苦卓絕」的金門人，大家盼望的，是生活的進步，想追求的，只是平凡的幸福。

戰 地 通 話 會 洩 漏 國 家 機 密　　民國七十七年東歐各國已可電話直撥
台灣，甚至連台灣與大陸之間都已可經
由第三國轉接電話，而與台灣休戚與共
的金馬地區能使用的通訊設備卻仍是信
件與電報，逢年過節在台思鄉的金門遊
子，連打個電話回家都沒有辦法，而對
此官方的說法是：通電話會洩漏國家機
密。

不飛民航機，以免
趁「機」飛到大陸去

因為害怕不小心趁「機」飛到大陸去，金門一直遲遲不開放民航；而誰能想像一直到民國七十六年九月十一日金門開放民航以前，「返鄉」對金門人而言，是怎麼樣一段折磨的旅程！

坐在鐵箱子般的登陸艇（這是戰時搶灘用的軍用艦艇），艙裡舖以木條，中間空一走道，先上船的人先舖上準備好的塑膠布，攤開來，一屁股坐上去，就佔據了這塊地盤，這算是最幸運的人；

其他後來的人，因為人多擁擠的關係，橫七豎八的亂躺一通，像難民一般。

良善伯在「單打雙不打」的影片裡說：「金門人，不輸豬一樣，像趕豬一樣，人被趕進船艙，擠在煤炭袋上，隨浪滾來滾去；船艙裡悶熱，令人作嘔，但打開艙門，海浪打下來，又像淋浴一樣，到了台灣，一個個人都像是從礦坑裡鑽出來的一樣....」風浪較大時，嘔吐滿地的暈船穢物讓人不忍卒睹，污濁

的空氣，壅塞的船艙，這樣的旅程要忍受至少二十四小時之久，莫怪乎金門人有次等公民的感嘆，連「行」的基本權利都不堪到這般田地，其他還有什麼可說的。

偷渡黑名單

究竟他犯的是什麼樣的罪?
有家不得歸。
是年少輕狂?
是愛鄉不愛黨?

如果渴望民主的思想是錯、
吶喊自由的聲音太不該,
那麼,
一言堂裡,
什麼才是對的;
黑名單中,
是否大家都該閉嘴。

陳振堅，無不良前科，也未犯罪判
刑，卻被禁止返鄉。

官方理由：「因金馬為戒嚴地區，當
地司令官基於戰地安全考量，不予許
可。」

至於，基於什麼樣的「戰地安全考
量」，沒有人說明；而當地司令官為什
麼有這樣的權力，也沒有人質疑；

總之可以確定的是，他在政治黑名單
中被記上了一筆。

民國七十六年蔣經國總統宣佈台灣解嚴，在舉國歡騰的同時，當局卻發佈「金馬地區持續戒嚴」，未在台灣解嚴之內。翁明志等人前往總統府與福建省政府前請願要求金馬解嚴，當年的陳振堅亦是主事者之一。儘管那是一次合法的請願行動，儘管這些「金馬團結自救會」的年輕人，只是想要為久處戰地的家鄉，傳達一個渴求民主的聲音；但在請願過後，金馬境管單位便限制陳振堅等人申請出入境證，不得返回金馬故鄉，由此，陳振堅等人「滯留」台灣三年，也因此抗爭了三年。

拿著「我要回家」、「回家是人民基本權利」的抗議標語，陳振堅等三人，在勢單力薄的情況下，只得走上街頭，雖然引來新聞媒體的報導，但當局始終置之不理，一派官僚作風。

官方所謂的「戰地安全考量」，其實是「政治安全考量」，是為了穩固當局政權的「統治考量」，類似白色恐怖時期一種「剷除異己」的作法：「以前，是要砍頭的。黑名單算是好的了。」

所謂的政治思想犯，在封閉的社會中，並不被同情—大眾的恐懼太過龐大，幾乎要把整個社會都吃了。這樣的情況在一向忠黨愛國慣了的金門更是如此。回不了家，既是當局排除異己的策略，金門鄉親自然也不敢理會，他們的處境，就如同他們所愛的金門，一樣的孤立無援。

　　如此長達三年有家不得歸的「流放」，對一個思鄉情切的遊子是何等的折磨。陳振堅在無計可施的情況下，冒險變造過期的出入境證，希望得以偷渡返鄉成功，但此舉卻很快被識破，陳振堅闖關不成，旋即入獄。

　　在警局時，混亂之中，陳振堅當著警察的面，撕毀吞下自己的入出境證件，於是，現行罪證確鑿，罪名昭然成立，最後，以「毀損公物罪」、「偽造文書」被起訴，入獄半年。

　　這段期間，「金馬出入境證」在輿論非議下，終於獲得廢除，但陳振堅仍在牢中為金馬出入境證的抗爭行為贖罪。此後，只要是金門人，有戶籍證明，即可登記返鄉。

　　六個月後，陳振堅終於從金門監獄中，真正贖回了自由身，回到了家。

因為單純一個想回家的舉動，
因為一個單純的要求民主的渴望，
陳振堅付出了代價，
這樣的代價對個人而言太昂貴，
對金門人而言，太珍貴。

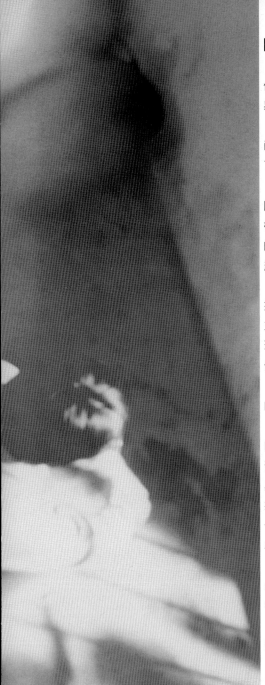

回家

　　而今，陳振堅已定居家鄉，穩定工作，回不了家的思鄉之苦，使他再不輕易離開金門了。

　　而昔日煙硝肅殺的金門戰地，如今也已盡是熙來攘往，嬉笑喧鬧的觀光遊客了。

　　但猶在幾年前，就是金門人自己想要回到自己的家，都還要入出境管理局的核可，取得「金門地區入出境證」這樣的安全證明，才能遠赴高雄港去搭乘十幾個小時的「水鴨子」（登陸艇）

　　第二部金門電影《解密831》，則直接以政治力如何箝制社會及人身自由為主題，以半劇情半紀錄的方式，忠實呈現發生在1980年台灣─金門之間的真實事件！此片延續螢火蟲映像體早期ENG作品《返鄉的敢尬》中對台、金政治與社會的關心與觀察。

　　另一方面，《解密831》也不忘以主角的心理轉折為刻劃重點，例如一般遊子普遍具有思鄉、愛鄉心緒，透過主角以具體行動將之全然爆發，便能喚起「返鄉迢迢難」的金門記憶與共鳴。在主角一連串的行動中，被抑鬱數十年的島鄉心理狀態，便一點一滴地釋放出來了。

　　在這一連串的事件之後，男主角也只是悠悠的說─「自始至終，我只是個小老百姓而已。」

　　這部片子，是一個小老百姓千辛萬苦返家的真實故事。

走過之後一

　　從民國76年首次請願倡議「金馬解嚴」、「實施地方自治」以來，到真正目標完成，已是六年之後的事了。

　　之後，金門意識逐漸凝聚，但日後的金馬社會運動，爭取的不再是基本人權，而是與台灣平等的社會及經濟權益。

　　在其中，我們發現：社會的變遷、歷史的脈絡，以至今日金馬的現況，是一步步爭取來、而非憑天掉下來的。

　　若無基本人權，談何其他平等權益？權益是給有人權的人談的。

　　但早期衝鋒陷陣的人權運動卻乏人迴響，過後也不受尊重。

　　重看這段歷史，除了當事少數人還記憶猶存外，多數人已視之過往。然而歷史馬不停蹄，走過爭取權利的階段後，金門人要面臨的，是與「過去」一樣龐大難解的「未來」。

本土自覺 發 現 金 門

民國81年底，金門解除長達40多年、世界近代史上最漫長的戒嚴令，82年底，金門恢復地方自治，真正脫離軍事統治的束縛。

「從不被允許自由地看、聽、說的金門，突然可以睜眼看看自己、開口述說自己了，整個社會既興奮、卻又惶惶不安。不知該如何表述，也不知未來要走向哪裡去。」

── 紀錄片<反攻歷史>，周成來老師。

　　原由官方書寫的歷史，逐漸被反攻，一則則「光榮戰地」、「海上公園」、「反共跳板」的神話，逐漸被顛破；

　　面對急遽的落差，社會變遷的腳步快速，從民間逐漸釋放出來的聲音，逐漸以「金門人」的觀點，以「家」的概念，記誌金門近代史上最大的轉軸。

　　沒多久，一個在地的影像工作者董振良，喊出：「金門人說金門的故事！金門人拍金門的電影！」這樣的訴求，引起了金門社會廣泛的共鳴與迴響。

　　金門百姓電影的誕生，意味著：長期來，金門人不曾發出自己的心聲，解嚴後，金門人重新發現了金門、金門人的主體意識逐漸覺醒。這是解嚴後金門最重要的文化盛事之一。

　　除了金門電影的出現，另一個最能彰顯「金門意識」的文化盛況，則是「風獅爺」風潮。

　　因為「風獅爺」是台澎其他地區所沒有的一種地方圖騰與信仰。只有金門，能發現這麼多、這麼具藝術特色、且仍為眾人虔誠信仰的「風獅爺」。它不止突出了「金門」的獨特性，也標示了金門不只是戰地、更有其歷史文化的主體性。在這些意義底下，學者考證風獅爺、畫家描繪風獅爺、作家書寫風獅爺、雕塑家捏塑風獅爺、民間膜拜風獅爺、觀光客消費風獅爺……，金門著實演出一股風獅爺文化風潮，然其背後目的，只是金門在封閉沉寂了半世紀之後，亟需要重新發現自己、認識自己、肯定自己、建構自己……。這股「金門意識自覺」的社會力在金門島熱烈地發酵，同時也宣告著，民主運動的時期，已功成身退、告一段落了。

　　接下來，我們會看到金門島民開始整理過去的記憶，開始反攻官方所說的歷史神話，並開始走在政策之先，大膽追求自己的利益與幸福。

沒有金馬

就無台澎

3.反攻歷史

庶民以生命書寫的歷史　　　　反撲了的官方說法下的歷史神話

對走過戰地的金門人而言，活著，才是最重要的。

「反攻的跳板」、「光榮戰地」、「海上公園」，這些都只是難以負荷的頭銜。

「對金門人來說，這些光榮的字眼都是虛的，不如求一句『媽祖保佑』才是真的！」所幸，近半世紀的戰地任務，終於已成歷史。從這段反共歷史走出來，金門人也漸漸開始另一段的反攻歷史─逐漸意識到自己存在的金門人，開始整理生活中真實的記憶，也開始反攻官方說法中的「光榮歷史」，將歷史還諸生活。

昨日

「在政宣影片或官方宣稱的歷史
裡，金門是反共跳板、戰地前線、光
榮戰地、，而八二三砲戰則是捍衛自
由的聖戰！但對金門人來說，金門只
是他血肉相連的家園，戰爭砲火只是
對家鄉殘忍的傷害，而歷史上卻不曾
記金門這片土地與民間的感受。由民
間記述而成的這段《反攻歷史》是另
外一種聲音。」
—《反攻歷史》董振良

金門影像創作者董振良，為了留下戰
地心聲，扛起攝影機，走訪金門耆老，
紀錄平民百姓對戰地四十年來的口述歷
史，一頁頁血淚斑斑的過往，透過老人
們皺癟癟的嘴，啞啞的呢喃出如目歷歷
的從前。

那時，擁有船，竟成了一種危險

民國三十七年，第一批國軍要登陸小金門，強制徵召青岐當地所有的三十六艘漁船與船夫，在戰火密佈的金夏間做運輸補給的工作，許多人因此喪生。

「那時政府是不講理由的，不聽話的，槍拖就打下去。」當時亦被抓去當船夫的洪根福回憶到。他大多數的親族，多死在一次次的冒死執行任務的砲火中，「洪正端死了、洪格死了、洪慶瑞也死了⋯⋯」——細數，都是一個個因而破碎的家庭，唯有洪根福活了下來，雖然在後來一次為國軍領航的任務中，左眼失明，而後影響右眼，最後全盲，但在那紛亂的時代，能保住一條命，已是幸運。

「那時正是大風雨，但槍就頂在胸口上，他心想：這下不出海也是死。在猶豫之間，船已被推出海上。」當年漁夫的女兒回憶父親驚險的遭遇，仍心有餘悸。「後來，船翻了，其他人都死了，就只有我父親抱著木頭在海中浸了八小時才獲救。」

在那時，擁有船隻的村民反而倒楣，被迫徵調，「那時駛的是帆船，一葉葉的帆必須順風勢調整，不能朝目的地筆直前進，否則駛不入港。但那些軍官不懂，他看船沒有朝港內行駛，就又打又

反攻大陸就會補償

國軍進駐後，以戰爭非常時期為由，分派當地村民做苦力等運輸工作。

「民國三十七、八年，國軍進來不久，地方上還沒有什麼組織，國軍見到百姓，就抓去做工。」

瓊林村老村長講述自己當時的親身經驗：「當時有些人就躲起來，我兒子才幾個月大，我也避在家裡不出門，那天妻子要去打水，兒子卻哇哇哭得厲害，我便說：『讓我去打水好了。』沒想到

罵，老一輩人和他們語言又不通，就這樣進退不得還被打一頓，真是冤枉！後來，家裡就乾脆狠下心，把船給毀掉了。」像這樣為求保命而忍痛把船毀掉的情況，不勝枚舉。

一出門就被逮走。

　　一個軍人叫我送兩顆照明彈到前方，還警告我不能讓兩顆彈的引線接觸到，否則會爆炸，嚇得我膽戰心驚。後來我向帶路的排長說要去小便，就溜掉了。回家途中，遇到一個鄰居，他說他已經搬運了四五趟了，肩頭都磨破了，哭哭啼啼得十分委屈，我就帶他一起溜了。」

　　棄船、逃兵的日子沒能撐多久，戰火

即蔓延開來。

　　隨著國共關係的劍拔弩張誓不兩立，軍事上龐大的物資需求供應不濟，全金門家家戶戶的房舍、祖祠、田地全都派上用場。

　　「我們青歧的三十艘漁船全部被拆，民房也拆了八百多間，連寺廟、祠堂，也全都被剷平。」洪根福回憶到當時強制性的要求民間提供物資的情形，當時下令拆屋取材的司令官雖表示將來必有

所償，甚至開立徵拆證明，表示：反攻大陸以後將做補償。但無家可歸加上砲火相逼，時至今日立具證明早已遺失，就算保留至今，事實上也毫無用處。

　　「現在到西洪廢棄的舊機場去，還可以找到整片地底有大量的花崗岩石條，那些石材就是當年拆毀民房去鋪設飛機跑到所遺留下的。」前金湖鎮鎮長陳永財說出這段往事，鄉民將自家的一磚一瓦，甚至田中的井，悉數搬去建造軍事

用碉堡、碼頭等，這樣的情形在當時十分普遍。

老百姓死傷太多，
不敢對外講，也沒留下紀錄

國軍全面進駐後，到了民國四十七、八年對金門島民的控制已經形成了一套嚴密的組織模式，即自衛隊的編制。

「每一個行政村都規劃為一個戰鬥村，十六歲以上的男子和未婚女子，都被編入『民防自衛隊』中，每年固定操訓服役一個月，平時男子要挖戰車溝、電線溝等工事，女子要演習救護。」

當年的自衛隊，並不像現在年輕人當兵，吃的用的都是軍隊給，每個月還發薪水，「這期間穿的自衛隊服、用的工具、吃的飯，皆是百姓自己負擔：男子要服役到五十五歲，女子則要到結婚後，才能退休。」

這樣的自衛隊組織，在八二三炮戰爆發時，犧牲甚是慘烈。「民防自衛隊負起搶灘的任務，同部隊一樣出入前線，生死交關；這次老百姓因公陣亡的人數，也不計其數⋯⋯」陳永財感嘆的說。

而另一位村民更是提到他搶灘的經歷：「那時不時有砲彈打過來，如果它往海上掉去，我們心頭便可暫時放下，如果是往碼頭來，眼淚馬上簌地滾下來！」

是生是死，聽由天命，這樣的心境瀰漫著整個村莊，董素發描述古崗村內戰火滿佈的恐懼：「整個田裡都是砲彈爆炸的煙幕，此起彼落，沒有一畝田是完好的。大家都躲到山洞裡，搭個帆布就

這樣過日子。有一次我就親眼看到砲彈正好打到那個洞口，洞頂整個塌下來，裡頭一家九口就這樣全沒了。」

雖然如此，村民卻仍要為了生活，冒死下田。「偶爾沒有砲擊時，就冒險跑回田裡種花生，否則，一家子的生活怎麼過。」這樣與死亡如此接近的日子，金門人還是走了過來。

戰火中，民防自衛隊的犧牲慘烈，很少人提到這點，軍隊也不對外提起，歷

史上更是幾乎沒有什麼紀錄，就像充作軍事資源而被拆的祖厝，這樣的犧牲被視為理所當然，一個個死灰的臉，早已掩沒。

八二三砲戰後，長達二十年的單打雙不打，雖是「示威式」的砲擊，卻也嚴重的影響金門的建設與百姓的生活；而在這樣戰地的驚險中，金門人竟也衍生出一套應變的方法。

「日子久了，我們也就習慣了；但新

來的台灣兵可不，每次聽到砲聲，他們就很緊張。我們則是聽砲聲來判斷有無危險：如果傳來的是『咻————』的長聲，落彈一定很遠，不用擔心；但如果是『促、促』聲，那不得了，落彈很近，要快躲進防空洞裡。」聽來好笑，卻也莫可奈何。

軍民一家

　　過去阿兵哥隨口罵「死老百姓」，你也不敢吭聲。

　　軍隊因為人數過多，一時也沒有足夠的軍營可住，民房便是一個現成的軍事駐紮地，每戶人家都分配到很多軍隊進駐，客廳、走廊、庭院等，而這麼一住就住了一、二十多年，直到軍營一一完成，軍隊才退出村莊。

　　戰爭秩序確立後，軍民相處情況也較和諧了，周老師回憶孩時阿兵哥分饅頭

給他吃的那段歲月，雖然彼此相處融洽，但那種遺憾與自卑卻潛藏心中難以抹去。

　　「雖然和諧相處，但他們總是地位崇高，像是另一個國度的人，而我們金門人卻像天生矮人家半截，發生很多類似種族歧視的事，也不會反抗。」

　　軍隊口中最常說的死老百姓聽來刺耳，卻也無人敢表達不滿；老村長提到這點仍是微怒的表情，「過去阿兵哥隨

口罵你『死老百姓』，你也不敢吭聲；現在想，　阿兵哥的老爸不也是老百姓嗎？也沒人怕他們了。」

　　儘管軍管時代終於過去，重視親民的現在，「死老百姓」也沒人敢講了，這樣不平等的陰影，在金門卻是不爭的事實。

反共前哨

儘管中美斷交後，中共已不再砲轟金門，儘管大陸沿岸地區已撤除戰備，改立經濟特區，但「反共的最前哨」的金門，仍是「戰地」。

每當宵禁的夜裡，看著近在咫尺卻燈火通明的廈門，金門人實在很難想像「水深火熱中的大陸同胞」要怎麼解救？「萬惡不赦」的共匪到底有多恐怖？開放探親後，有不少金門人特別因為探親輾轉到了廈門，從廈門這個繁華的觀光大城，望回戒備森嚴的「戰地」金門，不免泛起荒謬的感慨。

天安門的六四運動爆發後，各界起而聲援。金門高中高職的學生們，組成隊伍，拿著布條標語，寫著「支持北京學運」、「聲援北大學生爭取民主自由、新聞自由」、「反對軍管」，一個個的標語看來普通，在金門當局看來卻有指桑罵槐之嫌。

這支聲援的隊伍，後來雖在學校老師的提醒下不了了之，卻也突顯了一個難掩的窘境——雖與台灣同在一個民主的國度下，但戰地金門卻沒有權利奢談自由。

在戰火煙消雲散的十餘年裡，沒有戰爭的戰地，戰爭的陰影仍舊支配著這片命運多舛的島嶼。

三民主義模範縣

　　不能有籃球、甚至不能養鴿子，免得抱球游到對岸去。

　　「小時候，想玩籃球想死了，但是在金門卻有錢也買不到，因為籃球是漂浮品，受管制的，怕我們游到對岸去。」在金門高中任教的陳老師娓娓道來那段荒謬的戰地日子。

　　因為前線，因為戰地，金門有很多的限制，也有很多的悲哀，只好說：「唉！誰叫我們是三民主義模範縣。」

　　而最悲哀的的悲慘例子，莫過於金門人長期吃著有黃麴毒素的「戰備米」，許多人懷疑，金門人得癌症比例之高，原因可能正是在此。

　　「你有聽過野狼九十嗎？以前全台灣只有金門有，是光陽機車公司特別為金門人製作的，更早以前為了安全顧慮，甚至連機車都不可以騎。」各種光怪陸離的情況，在金門都可能發生。

　　因為實施「戰地政務」，金門就像個大軍營，許多資源都用在軍事用途上，社會進步遲緩，稍長的年輕人，為了求學、工作，離鄉背井到台灣。往往，到了台灣後，他們才發現金門沉重的孤單。

　　的確，金門，除了戰地光環、模範頭銜外，能夠擁有的實在太少。

歷史之外

歷史榮光褪去，
金門耆老的娓娓道來的過往辛酸，
「反攻大陸的跳板」、
「光榮戰地」、
「戰地前線」
每個人幼時必讀的神聖標語，
是以金門人的埋沒不見的血淚換來的，
百姓的生活與歷史記述的差距，

在一段段的戰地故事中，
被凸顯了出來。
在砲火中，在拆毀的門板上，
在掩沒的山洞邊，
生活是如此具體，
記憶是如此鮮明，
經驗是如此實在，
無關光榮、無關顯耀。

生活之中

「反攻大陸，收回國土，
三民主義統一中國！」
那段搖旗吶喊的日子
除了口號的吶喊外
誰會記得　曾經
戰地的人們以血肉相搏
拼了命地　活著

在戰火紛亂的年代，
被要求
「犧牲小我以完成大我」的人們，
只能嘆聲「同人不同命」，
這是時代的悲劇；苦難過後，
人們要的不過是個公道，一個真實，
讓一段生活其中的回憶再現。
讓無奈的過往，
成為記取教訓的歷史真象。

4.百姓電影

不斷不斷地叩門　　　　　直到集體的金門意識　　　　逐漸泛開　甦醒

在長期的沉默過後，大台灣主義下被
犧牲的金門人，有著揮之不去的戰地陰
影，來自內心底層最深的吶喊，終於匯
集成一股百姓的力量，集體發聲，歷史
反撲，第一部金門本土電影於焉誕生。

一九四九年，國民政府遷抵台灣，但不甘平息的國共戰火，卻選擇了兩岸間的金門，繼續燃完它火烈的煙硝殘燼。「單打雙不打」即是金門這一段特有的戰地經歷。

從一九五八年八二三砲彈過後的二十年間，中共每逢單日即砲轟金門，這塊僅有一百四十平方公里大小的島上，前後共承載了九十七萬餘發的砲彈；壯麗的花崗岩島鄉，就此滿佈了大大小小的砲孔彈痕，更烙印了日日夜夜的驚魂夢魘。

獨立作戰的金門百姓電影「單打雙不打」**導演 /** 董振良。**出品人 /** 金門三百餘位鄉親及各界朋友。**贊助 /** 王士朝、王再生、王維緒、李孝光、李成義、李明耀、

李錫隆、李瓊芳、何秋郎、吳志成、吳無量、吳國泰、吳鼎仁、周成來、周成萬、洪春柳、洪雲嬌、洪婉瑜、陳水扁、陳水賜、陳天保、陳允火、陳丕陽、陳世聰、

陳清寶、陳懷洲、陳傳生、陳雅玲、陳瑞豐、陳慶祥、區贊隊、許文雄、許明賢、許崇凱、許豐榮、許燕國、張邦育、張國陣、莊水談、黃東青、黃思駒、黃康成、

曾文能、董志強、董彬森、董群耀、楊水應、楊再平、楊忠為、楊忠藻、楊肅元、廖剛源、趙瑞英、劉瑞和、盧志權、謝和平、顏進要、魏君任、羅慶電、南星飯店、

梧州陶藝坊、金門縣政府、金門美術學會、國防部、金門酒廠、金門陶瓷廠。**支援 /** 于惠貞、王永仁、王柏盈、王建嘉、王建慶、王凱、王淑慧、王鵬飛、李木隆、

李有峰、李孟、李明瑄、李思賢、李進發、李建裕、李淑戀、李碧霞、李振騰、辛穎、辛鴻群、宋夢琪、林棟樑、邱長清、余上智、林月雲、林世當、林妹、林梅子、

杜篤之、周曉妮、留榕培、郭哲來、倪國炎、翁明志、馬水源、許仁源、許丕堅、許丕男、許丕燕、許丕龍、許永鎮、許秀琪、許秀雯、許明義、許明廉、許金泉、

許政煒、陳水在、陳木漳、陳再發、陳克陽、陳致銘、陳致誠、陳為庸、陳慶良、張國治、張國森、張寶月、黃世昆、黃江清、黃景仁、黃桂蘭、黃弼鑫、黃獻哲、

莊水池、莊介榮、畢璞仙、楊文堅、楊文璽、楊永斌、楊宏隆、楊忠強、楊忠贊、楊樹清、楊俊哲、董智森、董成義、董欣富、董秀華、董斐、董靜雯、鄧尊仁、

黎邦興、趙水樹、蔡世強、蔡承土、蔡振銘、蔡福祿、蔡輝華、歐陽水添、歐陽水盛、歐陽文忠、歐陽李翠娥、歐陽宗煌、歐陽金章、歐陽彥椿、歐陽彥達、歐陽融、

歐陽碧雲、歐陽碧霜、歐陽嘉金、歐陽嘉玲、薛志安、立陽旅行社、金馬攝影社、順天商店、宏碁電腦、金門高中、金門社教館、金門防衛司令部、金門電力公司、

金門觀光協會、金城國中、金城鎮公所、金湖鎮公所。**工作夥伴 /** 王育麟、李子恆、李秋金、李炷烽、李憶萍、任江達、何穎宜、阿德、江建誼、周志華、周美玲、

林永進、姚立群、俞建侯、施顯達、夏紹虞、馬淑玉、許普榮、許程翔、許維權、許鴻文、張怡靜、張明純、張輝潭、張寶仁、陳美芬、陳宗良、陳勇守、陳禎儀、

陳瑞裁、吳天賜、吳靜枝、吳燦煌、黃克全、黃庭輔、黃慶文、彭家如、董宜玫、董倫如、董振良、楊志忠、楊羨寶、廖剛源、黎明玲、劉華玲、蔡良善、蔡雲材、

歐陽自力、關惇尤、傅啓宏

這是金門人自己述說金門的土地與歷史。

就從民國三十三年夜裡的那盞燈開始。那盞油燈，在日軍的催促聲中，由金枝遞轉至太太金枝嫂的手裡。燈焰映在已懷胎的金枝嫂瞳孔中，顯得虛幻而絕望；就這樣眼睜睜，她看著丈夫被日軍帶走，從此夫妻倆天人永隔。

日軍撤退，國共相爭，八二三炮戰是金門膽顫驚魂的夢魘。

「上一代的荼毒剛去，這一代的風暴馬上掩到。」（黃克全《燈》原著）轉眼間，黑空中已盡是縱橫穿梭的炮焰，在單打雙不打的遊戲規則下，金枝嫂命孩子阿明去請鄰人阿遠叔來幫忙扶阿公去躲防空洞。但阿遠嬸卻在哭：阿遠叔已被軍隊帶走，說是連人帶船，得去料羅灣搶灘。阿明只好和母親合力撐著阿公到防空洞，不料洞底卻積滿了水，而炮是只有增無減。水中的燈影幽幽晃晃，

阿明接下了母親金枝嫂傳給他的那盞油燈，微光閃滅之間，疲憊的阿明覺得幾乎要被那閃爍的焰心吸捲進去。

數年之後，時局漸趨平穩，長成的阿明卻同家鄉其他年輕人一樣，即將遠行台灣。母親帶他去求平安符的回途間，一盞為好兄弟準備的「照路燈」已在各家門前亮起，罩著顆小燈泡的玻璃罩上寫著：「七月流火」，「合境平安」。

坐上登陸艇，高雄港的點點燈火，又燃起了這些在黑暗中尋找希望的金門人心中的那盞燈。離開了戰地的故鄉，所有的孩子，不懂自己將飄向何方。

第一部金門獨立作戰的百姓電影

一反過去軍教片的官方敘事觀點，這次，是金門人自己來敘說金門這片土地與歷史的故事，甚至，片中所有的演員都是來自金門當地且義務演出，連工作人員也有一半以上由金門人擔綱；所以我們說，這是一部來自金門「獨立作戰的百姓電影」

——導演董振良

透過這部電影，金門的鄉親只想傳達一個希望：今後所有的政治炮火，不再殃及人民百姓。所有美麗的家園，不再淪為傷痕累累的戰地。如此而已。

獨立作戰

「自立自強、獨立作戰」是金門島上常見勵志征戰的精神標語，強調國軍夙夜匪懈、保家衛國的使命；而同樣缺乏外援，同樣的以艱苦的克難方式對抗劣質的大環境，這勵志標語，實是形容《單打雙不打》艱辛的製片過程之最佳寫照。

此外，在那個社運蓬勃的年代，這樣的標榜，有其絃外之音：說的是影片，實是影射金門百姓長期間處境的孤絕。

在意識型態上雖不免有挑釁當局政府的意味，但對來自金門的導演董振良來說，有種不吐不快的痛快。

克難的處境有克難的作法，因為器材、資金的缺乏，沒有拍攝用的升降機，就用鄉親提供的堆高機代替；沒有推軌，就用推車取代。

忠實呈現百姓觀點，這是堅持資金獨立的最大理由。所謂的獨立，就創作層面而言，唯有資金的獨立，才能確實創作的獨立；唯有創作的獨立，才能確實忠於百姓觀點，邊陲觀點，獨立於主流大台灣意識型態下，非主流的金門在地觀點。

全體動員

「如果沒有一個集體意識的支撐，它是不可能存在的。」

　　—導演董振良

　　獨立的代價，便是面對沒人、沒錢、沒支援的窘困處境。

　　《單打雙不打》以土法煉鋼的拮据方式，號召金門鄉親們的支持。從三十五萬的輔導金開始，經費拮据的連基本的材料費都不夠，導演董振良竟唐吉柯德地異想天開，以傳單的方式在金門公開募款。也許真是天公疼憨人，出乎意料地獲得鄉親們熱烈響應，三千五千一點一點地竟募到有一百多萬。

　　來自鄉親的溫暖，有錢出錢、有力出力，片中所有演員皆是在金門當地公開徵選，工作人員亦半數是金門人。整部電影，從資金到製片過程，不論是實質的參予，或是間接的關注，整個金門百姓幾乎都參與其中，所謂的百姓電影，實是在這樣一個集體的經驗、共同的記憶下電影的完成。

　　這部百姓電影，背負著的是大家共同的期望。即使大環境艱困窒礙，拍片之路顛簸難行，仍要堅持以金門人的本土意識反思統戰迷思，以邊陲主權反思中央控制，在無當局財團等強力支持下，自立自強。

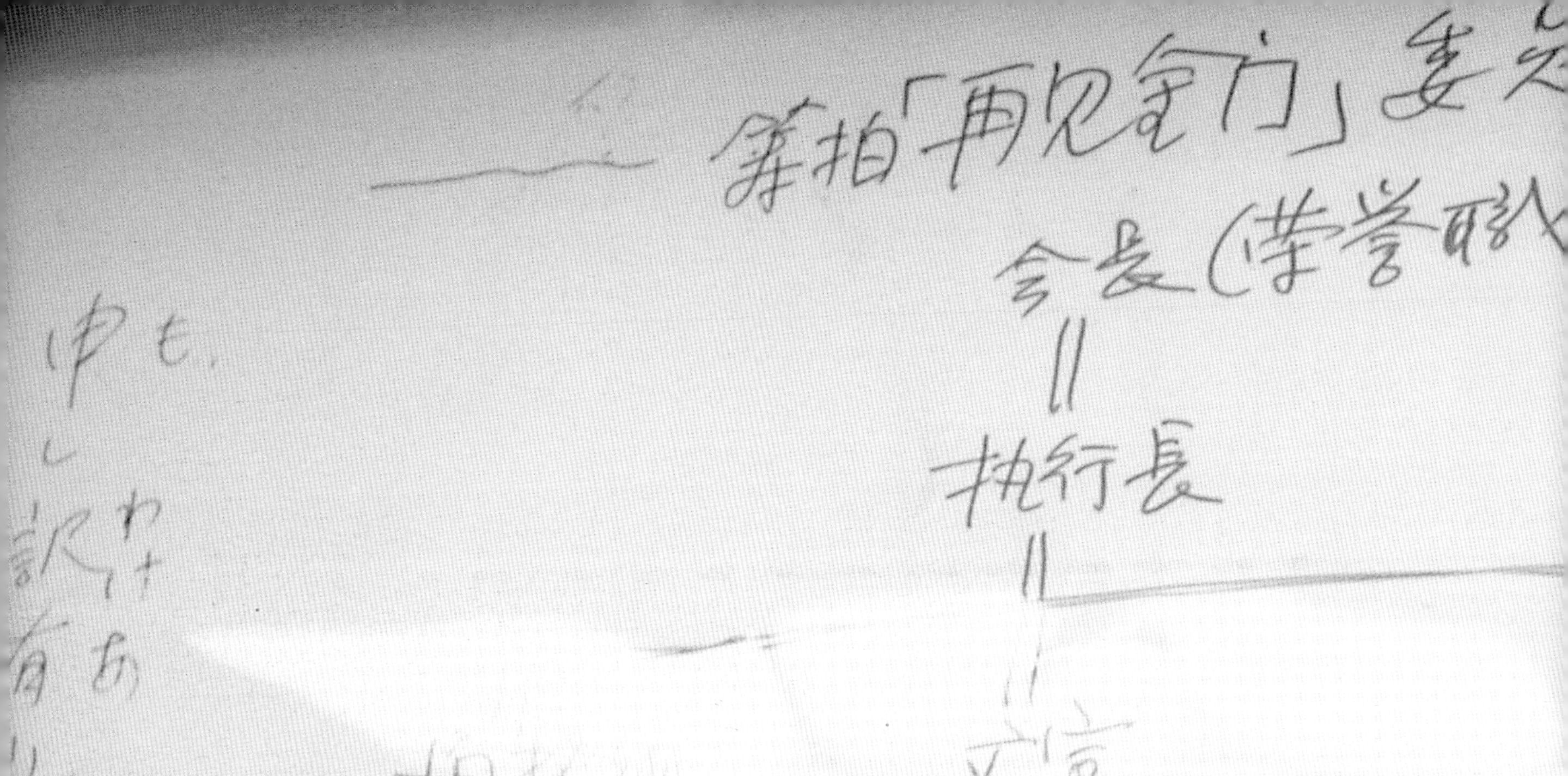

金 門 再 見 ， 再 見 金 門

金 門 再 見
—董振良
咱攏是這塊土地也囝仔
咱嘛是這塊土地也主人
咱甘知影咱住也這塊土地將是如何演變
咱離開這塊土地懷念這塊土地
咱回來這塊土地伊是咱也根一份情
如果咱大家願意用一點心一點意瞥一眼
金門永永遠遠是咱也

《單打雙不打》成功實得來不易，當時的社會反動氣氛、金馬解嚴等都直接的影響到影片籌拍的過程；《單打雙不打》前，民國八十年金馬地區持續戒嚴，董振良在金門推動的第一部電影《再見金門》，即是因為政治情勢的不允許，被迫流產。

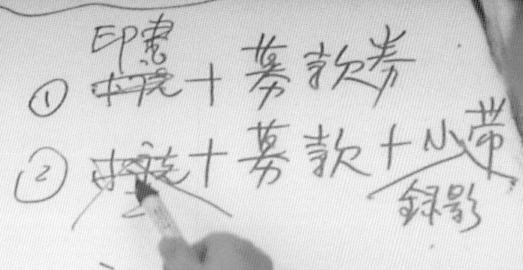

①印書中兑 + 募款券

②中送 + 募款 + 小带 錄影

③認

　　動員戡亂時期終於結束，金門卻展開二度戒嚴，實行嚴格的軍事管制，在非金門人不得進出與所有外來資訊均被控制的情況下，當局以種種名義禁止董振良等若干人推動影片拍攝，除了審查劇本以外，甚至以非電影公司不得進金門拍片為由使得整個推動進入僵局。

　　「那時我們印行有《再見金門》通告訊息的傳單，空運寄回金門時，就在機場被查扣，後來他們找了個『沒有新聞局登記字號』的理由搪塞。我們組成的工作小組要返回金門勘景，也無法獲准。」

　　因政治封鎖，金門百姓深怕被貼上反政府的標籤，在人人自危的詭譎氣氛中，可以想見，《再見金門》在當時的金門保守的社會引起的是怎樣的新聞風暴。

　　「我們所遭遇的挫折全部發諸新聞稿，希望能引起有心人關切金門問題，並給予我們一些支援，那陣子，《再見金門》的確在媒體上引發一些話題。金門內地，所流傳的則是我是不是民進黨的流言。那時的金門，還是具有相當嚴重的疑懼氣氛，對百姓而言，是一種近乎白色恐怖的心理壓力。」

「持有攝影機、公開放映、張貼海報、散發傳單，董振良遭警局偵訊四個半小時」
—金門報導1991.4.6

「金門　庭院深深，深幾許？第一部屬於戰地金門老百姓的電影，"再見金門"，開拍阻力重重。」
—中時晚報1991.5.7

「再見金門　籌拍障礙重重金馬地區宣佈持續戒嚴，敏感時刻拍攝寫實片陷入僵局」
—聯合報1991.5.29

「開民主倒車扼殺自由與創作空間董振良砲轟新聞局」
—台灣立報1991.7.13

「台灣傳來上級指示，再見金門就此再見。」
—新新聞周刊1991.7.15

就這樣，與國防部、金防部、出入境管理局等，周旋了一整年，在無龐大經濟後援支撐下，董振良所組成的螢火蟲映像體與其夥伴們，無奈於這樣長期的折騰，《再見金門》終究胎死腹中。

開放的試金石

其實,《再見金門》是部自傳性色彩強烈的劇本。單純講述著家族中瑣碎平凡生活種種,真實的敘述出主角從童年到年少成長,在炮火陰影下,離家背景的無奈心情。離鄉背井的情懷、戰爭的悲苦恐懼,董振良在此片中所欲展現的企圖,雖然因外在政治因素而失敗錯愕,卻延續到了《單打雙不打》中,同樣的鄉愁,加入了更強烈的批判色彩,功不可沒地豐富了影片的內涵。

不可諱言的,董振良推動《再見金門》,雖是電影創作卻更近乎是一種社會運動,為求金門開放的試金石。雖然失敗,但它與當局對立的議題性,凸顯了金門處境的不合理,更在所有金門百姓心中起了投石作用,在維持了四十年的「忠黨愛國」金光罩上戳了一個洞,然而,就像所有社會運動一樣,這第一波的失敗,是必然且必須地光榮的失敗。

覺醒

「如果說電影本身就是一項社會儀式
的話，這場發生於金門的電影放映活
動，相當有意思將一項社會儀式搬上金
門人生活的舞台。他們不僅僅是來觀賞
一部電影，更準確地說，是來參與一項
與他們的生活與記憶息息相關的影像祭
典。」─鍾喬

　　因為單純一個「要拍一部家鄉金門的
電影」的意圖，這部商業系統之外的獨
立製片成為可能，而且被光彩地完成

了。鄉親們幾乎義務性質的幫忙，使得
這部片子在艱困中得以開拍，廣泛大眾
的關心與期待，在在使得這部片子可以
說是在金門人的集體意識下所誕生的。

　　一九九五年一月二十二日，<單打雙
不打>正式於金門首映，來自各鄉鎮的金
門鄉親，將牆上還漆著「中國國民黨永
遠和民眾在一起」的金門育樂中心擠得
水洩不通，甚至有許多觀眾因位置不夠
而站著觀賞，放映中，不時傳來觀眾的

笑聲，「啊！那是隔壁的阿水伯…」，
這樣互動的觀影經驗，將電影與人們的
生活連結在一起，密不可分。

　　《單打雙不打》的社會意圖，確然顯
現。透過拍攝期間的參與，乃至電影放
映的社會儀式，充分的介入當地的生
活，進而逼迫人們跳脫悲情，深入地思
考自身處境。

　　至此，金門人自我意識已然覺醒。

解脫　　　　　　　　　　　　「誰控制將來誰就控制過去，誰控制過去，誰就控制現在。」—「一九八四」

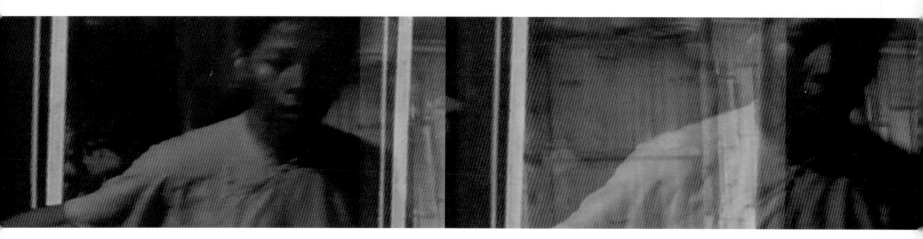

金門，從中共的砲擊到國軍的軍事戒嚴體制，
歷史忽略了他們的辛酸；
相較於台灣的自由開放國泰民安，
金門人逐漸意識到，
光榮戰地遠離後，自己的不堪。

　　族群之間的地位衝突，往往導致歷史不同的詮釋。金門長期以來，由於不具主體性，始終無法掌握自己的政治、文化、經濟各方面的命運與面向，這般被支配的處境，反映在所有宣傳口號與榮耀壯烈犧牲的主流電影中。

　　從前一提起金門電影，不是「金門女兵」、「古寧頭大戰」戰爭片，強調國軍壯烈犧牲，要不就是搞笑的偶像明星耍寶秀，圖的只是商業的利益。

「無論是國軍的觀點或共軍的觀點，對金門人民而言，都是一種支配性的觀點；」導演董振良說：「我們希望尋找到金門人的觀點。」金門人要自己說出金門的歷史。

長期不安下的反動，《單打雙不打》意圖突破過去，脫離官方說法的歷史控制，如同「一九八四」一書所說的：「誰控制將來誰就控制過去，誰控制過去，誰就控制現在。」

在集體意識覺醒之後，面對強大的主流意識衝擊下，終於知道，唯有金門人自己書寫自己的歷史，才能免於非自主性的剝削與犧牲，走出悲情。

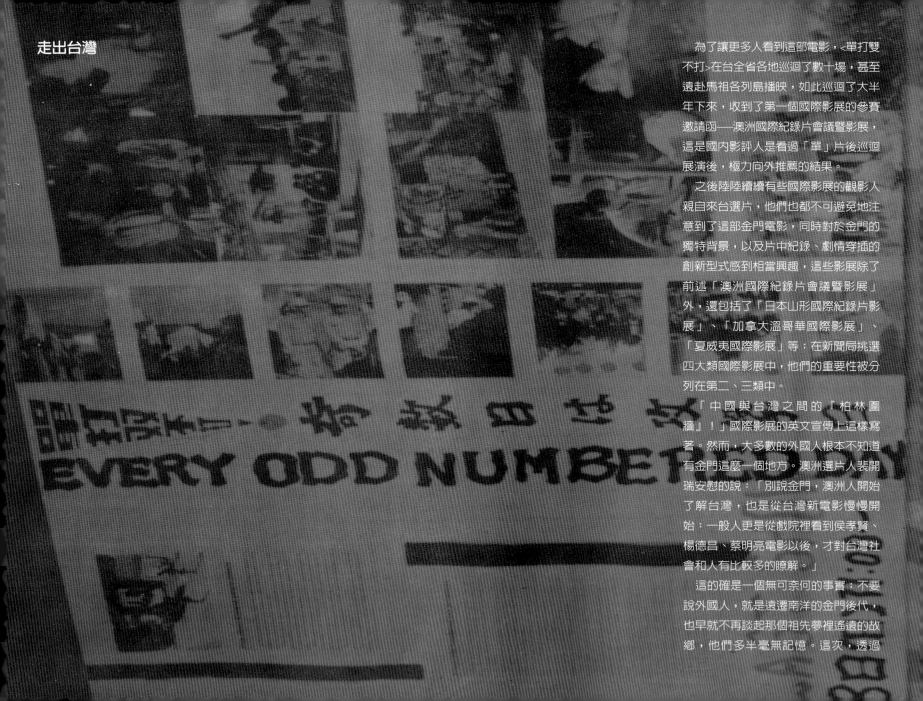

為了讓更多人看到這部電影，<單打雙不打>在台全省各地巡迴了數十場，甚至遠赴馬祖各列島播映，如此巡迴了大半年下來，收到了第一個國際影展的參賽邀請函──澳洲國際紀錄片會議暨影展，這是國內影評人是看過「單」片後巡迴展演後，極力向外推薦的結果。

之後陸陸續續有些國際影展的觀影人親自來台選片，他們也都不可避免地注意到了這部金門電影，同時對於金門的獨特背景，以及片中紀錄、劇情穿插的創新型式感到相當興趣，這些影展除了前述「澳洲國際紀錄片會議暨影展」外，還包括了「日本山形國際紀錄片影展」、「加拿大溫哥華國際影展」、「夏威夷國際影展」等；在新聞局挑選四大類國際影展中，他們的重要性被分列在第二、三類中。

「中國與台灣之間的「柏林圍牆」！」國際影展的英文宣傳上這樣寫著。然而，大多數的外國人根本不知道有金門這麼一個地方。澳洲選片人裴開瑞安慰的說：「別說金門，澳洲人開始了解台灣，也是從台灣新電影慢慢開始；一般人更是從戲院裡看到侯孝賢、楊德昌、蔡明亮電影以後，才對台灣社會和人有比較多的瞭解。」

這的確是一個無可奈何的事實：不要說外國人，就是遠遷南洋的金門後代，也早就不再談起那個祖先夢裡遙遠的故鄉，他們多半毫無記憶。這次，透過

<單打雙不打> 在國際間的影展播映，他們開始認識金門。

影展期間，外國友人對金門那段單打雙不打的歷史感到不可思議：

「你們的電影講的是什麼呢？」

「是金門人自己講自己的故事。」

「金門？什麼是金門？」

「金門是一個位於中國大陸與台灣之間的小島，自一九四九年政治分裂為兩個政體後，金門就成為國共政權最後衝突，且衝突的最久、最嚴重的地方。」

「你是說你們是兩個中國間的戰區？」

「嗯！可以這麼說。台灣把金門變成一個反共前線，佈滿軍事設施，實施軍事統治；中國則對金門發動砲戰，並且從一九五九年開始，每個單日對金門實施砲擊，長達二十年之久。」

「二十年？而你們居然沒有被打死？」（聞言真是令人哭笑不得）

「沒有，導演就是在單打雙不打中成長的；大多金門人也是這樣走過來的。」

「真是戲劇性的一塊島，如果將來兩岸再衝突，夾在中間的金門會怎麼樣？」

「嗯...，我們也不知道。」兩岸關係的不穩定，像夾心餅乾的金門，對未來仍有不安。

一位來自中國廈門的僑胞，感嘆的說：「金廈原本是一家，但過去幾十年卻被迫反目成仇，我從來也沒想到，金門會被砲擊的這麼嚴重，廈門並沒有這樣。」

而在澳洲的影展中，同樣來自中國大陸的影片翻譯，在看片個過程中，頻頻隨著劇情，興奮的說：「那些標語，我們村裡的牆上也塗著許多；那些口號，我們也是自小兒喊的；還有那些歌，我們也一樣要唱的...；所不同的是，我們罵你們，說要消滅蔣匪，你們卻罵我們，說要殺朱拔毛……」

雖然是影展的場合，兩岸間政治的問題卻怎麼也談不完，「看毛澤東與蔣介石兩位偉人，影響多麼無遠弗屆；他們一吵翻，即牽動了每個老百姓的生活與思想，影響所至，甚至還蔓延到下一代或好幾代，連我們的影片裡都處處瀰漫著他們的陰影。」因為政治，所以不安，所以衝突，所以戰爭。而對一般百姓來說，生活才是最具體的，也是最實在的。

在意識型態糾葛對峙的兩岸，電影不只是一部電影，就像好萊塢電影的大行其道，就將大量的美式文化與觀念，深深帶入了大半個地球；像台灣新電影，則讓世界重新認識了台灣，重新認識台灣特有的主體性；<單打雙不打> 不僅是金門人用電影自己述說自己的故事，更藉由國際影展，將金門人的心聲傳遞出去。

催生者—董振良

「特異的地理位置及無情的政權反覆，讓金門子弟必須如斯掙扎在腐舊的記憶裡，一切的影像和聲音都深映著渴望和抑埋心底的不平，金門影像工作向有才人出，董振良並非第一人，但讓董振良身負這麼大的責任和愛，不斷要為金門發出宏量的民聲，並非歷史偶然，是歷史使然。」

（獨立製片導演—黃明川）

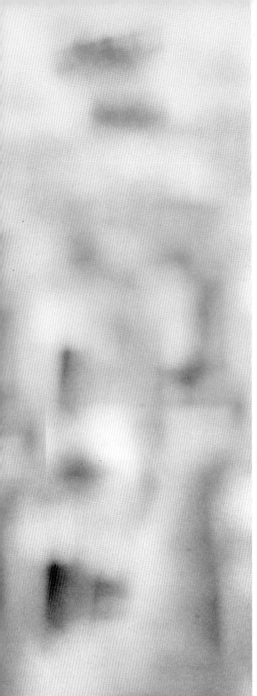

來自金門的孩子

就像大多數的金門人，孩子國中還沒畢業就往台灣送，這是生活的無奈驅使，註定的鄉愁。單打雙不打的導演董振良就是這樣一個離鄉討生活，來自金門的孩子。

長期背負著「反共大陸的跳板」、「反共大陸的最前哨」、「戰地前線」的沉重包袱，四十年漫長的戰地經歷，金門的子民已習慣了沉默，「囝仔有耳沒嘴」是長輩們對孩子最沉重的告誡。

也許歷史已是過去，但金門的孩子從未忘記故鄉。

而孩子總有長大的一天，種種不平的故鄉記憶，在離鄉背井的衝擊之下，來自金門的孩子驚覺到故鄉在政治權宜下的犧牲，而將這股強烈的不滿情緒轉化為實際行動，董振良以一個影像創作者必然走上的道路，用「真實」反擊了「現實」。

阿明，快起來，炸來了！
Ah ming, wake up, it's bombing

阿明，
Ah ming

金門情結

「有人說我有濃厚的金門情結，十多年前來到台灣，求學、工讀，要很久、很辛苦才能回金門一趟。一踏上金門土地，就感覺很親切、感受很強烈、馬上浮現這片土地許多鮮明的記憶。」操著一口特有的金門腔調，董振良對金門的情感可以從他多年來拍攝金門電影看出，從早期用video拍攝的「返鄉的敢尬」、「反攻歷史」，到第一部金門本土電影「單打雙不打」，就是所謂的金門情結驅使著他，在那個連照相機都違禁的年代，大膽用攝影機拍攝家鄉的種種。

快．躲床下
Hurry, hide yourself under bed

返鄉路迢迢

「我從澎湖坐飛機到台北，從台北搭火車到高雄，然後等很久的船，終於坐上登陸艇，經一日一夜回到金門。那是我第一次短時間經歷各地的交通工具，過去缺乏比較，只能逆來順受，但這次連番的交通經驗卻讓我第一次深刻的感受到金門處境的卑微。如果基本的交通建設是民眾行的權利，為什麼金門人的返鄉之路必須如此迢迢難行？

那次返鄉令我十分深痛，不解為什麼金門的境遇差別人這麼大？以後便對金門的事物很關心。

兩年後，我父親中風，不得已到台灣看病時又重蹈坐船的噩夢。回程時，我們兄弟為父親申請搭機返金，卻被一條奇怪的規定限制：凡坐船來台者只能坐船返金。我往外島服務處跑了N趟，周旋了許久，只能用電子攝影機拍下這件事的經過。那是我第一次用攝影機拍下我關心事件的經歷。」

自此，董振良便長期投入拍攝以金門為題材的電影，將身為戰地子民的深刻感受，發揮的淋漓盡致，並以一種媒體關注的方式，間接地對推動了金門的開放。

董振良作品年表

1991　《再見金門》，電影劇本出版成書後，開始推動金門百姓電影，積極邁出了第一步。

1992　《回家找日子》，影片和筆記書先後出版。

1993　《反攻歷史》，獲「中時晚報電影獎」非商業類特別推薦及「金帶獎」紀實報導類優勝獎，更在全國五十幾家的民主有線電視台播出。

1994　《單打雙不打》，推動金門人民共同參與，合力完成第一部由金門人自製、自編、自導、自演的金門百姓電影，並入圍日本山形紀錄片國際影展、加拿大溫哥華國際影展、澳洲紀錄片、新加坡、韓國釜山、台北金馬獎等諸多國際影展參展，更至美國UCLA、哈佛等各大學校巡迴放映，首次把金門議題推向國際電影的舞台。

1995　《長槍直入》獲「金穗獎」評審團特別獎、香港文化中心邀請參展。

1996　《大陸新娘》日本NHK電視台投資拍攝，是金門第一部跨國合作的影片，在NHK電視台播出。

1997　《X島嶼之兩門相望》，獲「台北電影獎」，及「地方文化紀錄影帶獎」，並獲邀參加新加坡、韓國釜山、台灣紀錄片雙年展等國際影展參展，公共電視台撥出。

1998　《媽媽遺失與撿到的孩子》
　　　《民主的頭人政治秀》

1999　《解密831》第二部獨立作戰的金門百姓電影，入圍台北電影獎。

「就這樣，我用影像創作，不斷消化
我對家鄉金門的濃厚情感，也用這份熱
情不斷豐富我的影像內涵，這樣的糾纏
融合已經歷了這麼多年，日後還不知會
持續多久。」──「單打雙不打」影片
導演董振良

民國七十八年，董振良成立了「螢火
蟲映像體」，開啓了他十年來以金門故
鄉為題材的影像創作生涯，至今，持續
不斷。

5.地下社會Underground

Where are we? How do you know we're upon or under the ground?

會不會　　　有一天才發現，我們所一向信仰的世界　　竟是　只存於地下的　　　　　　　被佈置、被操作出來的騙局

地下金門

金門的地下世界，是全世界規模第二大的地下戰備設置，僅次於前蘇聯。

在單打雙不打期間，金門一方面因為長期遭受砲擊，一方面也為了戰爭時候儲備軍需，遂發展出一個連綿於地底的坑道世界——

這就是所謂的「地下金門」。

對金門來說，發展這樣的地下社會，除了掩護、隱密的意思外，更透露著金門島孤絕無依、無所退守的窘境。所以前總統蔣經國送給金門的碑語是「島孤人不孤」，一方面鼓舞士氣，一方面也要求金門認清自己其實「孤絕」的現實處境。而蔣中正總統留下的訓詞則是「獨立作戰」、「自立自強」，至今村頭村尾還可看到這樣的標語。

現實若是，孤絕於前線的金門島，除

了往地底求生，似乎也難以冀求他人。

幸好整個金門島由花崗岩構成，堅硬的地質，提供了金門往地下發展的一個天生的優良環境。雖然，金門地底的奧秘，從表面上難以看出端倪——平觀地上之金門，綠蔭成林、高粱穗飽、閩厝古雅、生活悠閒，儼然一方與世無爭之淨土。

然而深入地底，竟不斷發現另有天地。

從山區到海邊、從軍營到民宅，都有另一番別有洞天的地底。

尤其地上金門陽光如煦，總難以想像，砲彈依然每隔一天準時來襲，那樣的景況與地上的煦陽形成對比：幽深的黑暗、空洞的回音、無止的等待、漫長的恐懼，揣測著地上的戰火何時平息、擔憂著不長眼的砲彈也許會擊垮地底。

隨著一聲接一聲的砲響，肅殺之氣沿著地底黑洞，不斷串聯、擴散，有如地震、或如漣漪，從地底漫延到地上、漫延到每個恐懼的人心。

地下金門的真正內容，其實是這些幽暗的心情。

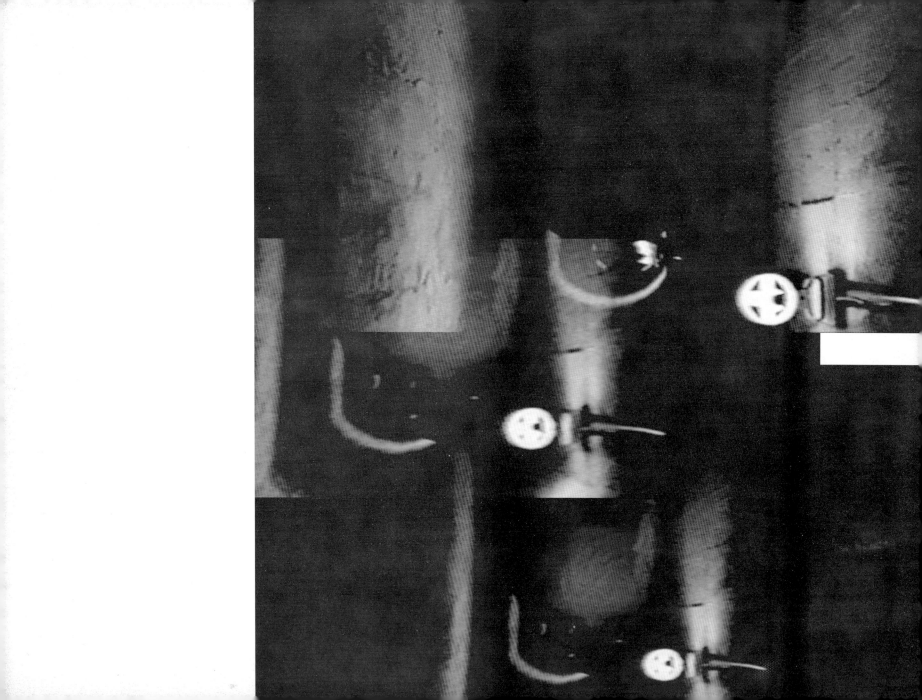

如今地下金門已經日趨安靜，
遺留下來的，只是打造戰地四十年的痕跡。
很難想像那樣的年歲持續了三十年，
更難想像的是，
直到「地下金門」的時代褪色，
才發現，
我們在地下一直相信的那個外邊的世界，
並不見得是世界真正的樣子：
而官方一直宣稱的那個頭戴神聖光環的金門，
竟然也只存在於「地下」的單一信仰裡而已。

虛擬的地下村落　瓊 林 坑 道

　　1950年古寧頭砲戰時，瓊林村就因為位在金門島的正中位置，成為共軍首要攻擊的目標，在那次戰役中，由於天候風向的緣故，共軍的船隊無法如預期接近瓊林，遂改從北方的古寧頭登岸，此即我史上所稱的「古寧頭大捷」。

　　不過經此一役，瓊林扼鎖金門喉門的重要戰略地位，明顯可見，為免敵軍攻下瓊林，進而分制島嶼東西，不久，瓊林在「戰鬥村」的編制下，全員戰備了起來。

　　在國軍的命令指揮下，瓊林村民開始從自己的家裡往地底下挖，每一條地道都互相貫通，遍佈整個村莊地底，主要通道並接通到村外碉堡及軍營。整個瓊林地下坑道綿延數公里長，許多出口直通民家，設計出人意表、通道四通八達。

　　當戰爭來襲，村民可就近藏匿於坑道地底；如欲進攻反擊，亦可遊擊式地神出鬼沒。此外，坑道也考慮了萬一地面被佔、轉進地下長期生活的可能，所以洞中闢有水井、還有儲放軍備物資的倉庫。

　　齊備的坑道盤據著島嶼的心臟；這是金門民間親手打造的地下戰備環境中，最具代表性的傑作了。

　　老一輩的瓊林村民，都還鮮明記得，當初是如何艱苦地打造這個虛擬的地下村莊：好不容易砲擊不再、兩岸時局日漸轉緩，村民也還只是慶幸，或許從此鑽坑道的日子不會再來了吧。就怎麼也沒想到，一向列為軍事機密的瓊林坑道，有一天竟會成為觀光客絡繹不絕的訪遊焦點，而且，村莊還靠觀光客每個十元的微薄門票收益，為瓊林賺取一些建設經費。

　　這恐怕也是金門戰鬥坑道的歷史演進中，最具代表性的變化了。

地下奇蹟 翟 山 坑 道

鬼斧神工的翟山坑道，直到1998年「金門國家公園管理處」完全接管並整頓後，才對外開放。

在此之前，「翟山坑道」一直是附近村民口中，傳聞般地存在。

傳聞中，在翟山海邊，有一個龐大黝深的水中坑道。

傳聞中，只有漁民駛船經過時，可以瞥見那與大海相通的隱密洞口。

傳聞中，坑道洞底之深，目不可測。

傳聞中，開炸翟山坑道時，死傷了無數人。

傳聞中的翟山坑道，實際上已封閉了數年，原本就是軍事機密要區的它，看過的人本就不多，記得它樣子的人更少。所以當它開放時，不只吸引了觀光客，久聞其名的金門人也紛紛趕來一探究竟。

翟山坑道建築在水中，是戰時停泊小艇用的水道，可容納船隻近十艘。

它沿著海邊的山岩，炸開數道又深又廣的巨大山洞，所有的山洞又如地下坑道般互相貫通，當洞口的閘門一開、海水灌入，就成了可通行船隻的水道。

從外表看，它完全掩藏在山岩樹叢地下。一般人經過它的上方，很難發現地下竟暗藏這等玄機；即使從海上往洞口內探看，也難以一眼看穿它曲曲折折的奧秘。

從入口的山路慢慢深入坑道地底，行者會聽見熟悉的海濤聲，迴盪著奇異的迴音，一波接一波、越行越近，經過一番曲折後，忽然眼前一亮，一片巨大的海面倏乎就在眼前！

看著成批成群的台灣觀光客，娛樂性地消費著這些戰地遺跡時，我們不禁想起：當大後方的台灣，努力造就著「經濟奇蹟」的同時，戰地金門所能造就的，為什麼只能是這些鬼斧神工的「地下奇蹟」呢？

地下的「家」防空洞

其實，金門最普遍的地下設置，不是坑道，而是「防空洞」。

金門每一個路口、村落、人家，處處皆有防空洞。

不需特別規定，每一落新厝起造時，屋主就會把防空洞同時架構進去。

許多這一輩的金門青壯年，幾乎都是在「單打雙不打」的隆隆砲聲中出生、撿拾著砲彈殼長大的。在他們的成長經驗裡，金門島上經常是煙硝蔽天，戰爭似乎沒有終止的一日。

這樣的黑暗歲月長達二十年，每逢單號，宣傳砲必準時報到。第一聲砲聲響起，全家就急忙躲進地下，瑟縮擁擠在屋旁防空洞裡，靜靜等候外頭的砲聲平靜。所以，每隔一天就要躲一次的「防空洞」，幾乎就成了日常生活的一部份，甚至是「家」的概念中的一部份。

隨著單號的砲聲把人趕到防空洞內，地下也成了金門另一個安身立命的家。

△站在防空洞口的金枝嫂，顯出吃驚而
　疲憊的神情。
△防空洞內的台階上，擠了滿滿的村
　人，當中有人朝洞外喊話。
　村人：洞內都積水，下不去了。
△金枝嫂極目朝裡望著，其實望不進黝
　黑的洞裡。
△阿明則靈巧地鑽進洞內，跳向積水中
　的一張長凳，蹲踞在凳上。
△黃澄澄的積水，在凳腳邊迴游，阿明

手中的油燈，映在水面上，幽幽晃
晃。
△洞外傳來遠近不一的砲彈聲響，一陣
　一陣、此起彼落。
△隨著落彈的聲波震盪，洞水掀起一圈
　圈的漣漪，水中油燈的倒影，也跟閃
　爍著粼粼波光。
△偶爾砲聲稍歇，水面慢慢恢復平靜，
　燈影便會恢復完整的圓形。
△台階上蹲擠著的村人們，在砲聲中漸

漸打起瞌睡，阿公也在其中睡著了。
～電影《單打雙不打》/原劇本《燈》

雖 然 是 庇 護 所 ， 卻 也 可 以 是 牢 籠 。

但防空洞不只是躲砲彈而已，在戰地政務時代，村中兵官隨時可因百姓不聽話，而將人囚禁於防空洞中。

吳石頭，在戰地時期就已經是個令人頭痛的人物了。因為戰地的土地歸屬劃分不明，他經常拿著自己寫的訴狀到處申訴，但由於識字不多，所言所寫不能達意，他只好經常來一記「攔轎請願」：每每探聽到有大官造訪金門、或有地方長官巡視村莊，他就會捧著陳情書，守候在路口，一看到官員就上前申冤。

但這在嚴格控管的金門，可是難以忍受的脫軌行為；為了維護村莊形象及秩序，阿兵哥或村中執事的官員，就會事先把吳石頭關進防空洞內，直到長官們離去了才放他出來。

當然，一直到解除戰地政務為止，吳石頭的陳情書始終不曾被理會過。

然而，這樣對付難纏的吳石頭，已算是客氣的了。

在軍管時期，所有的自然村落都被編制為「戰鬥村」，施行嚴格的軍事管

理，每個村中並派有軍人擔任副村長，上控村長、下理村民，行真正掌權之實；在這樣的戰地社會中，百姓被要求「服從」軍人或長官，並不是令人意外的事。

有個翁老先生，一生最氣不過的一件事，就是多年前他與副村長起了口角那事件：那時當著家人村友的面，他被副村長揪著、當場關進防空洞裡，足足關了三天。那三天裡，儘管家人心急如焚、儘管村民也覺得副村長擴充職權得未免太過份了點，但還是沒有人敢私自放他出來。

就這樣，大家眼睜睜看著翁在村中的防空洞裡，被鎖了三天三夜；雖然只有三天，但嚴重受損的自尊，卻讓他悲憤了一輩子。事件過後，翁老先生遷居台灣，一直到十幾年過去，金門解除了戰地政務，他才肯回到懸念已久、卻不願踏足的家鄉。

解嚴過後，許多防空洞急急被填平，或許也是為了掩去那段沒有尊嚴的記憶吧。

最高權力中心，
在最深邃的地底—太武山底

　　既然連民間村落都要往地下發展，統轄金門的最高指揮中心「金門防衛司令部」，當然也不例外。

　　實際上，「地下金門」最壯觀的所在，還不在瓊林或翟山，而在至今仍十分神秘的太武山地底。整個太武山區，幾乎都在軍事管制的範圍內，目前經過申請可達之處只有「擎天廳」，它位在太武山管制區的入口處，是一個巨大的禮堂兼演藝廳，許多勞軍活動都發生在這個地方。

　　另一個也在太武山地底的，則是「花崗石醫院」，醫院建於堅實的花崗岩岩地底，為的是可以確保戰爭來時，可以妥善照料金門受傷的兵民。

　　與所有的地道一樣，花崗石醫院也有縱橫交錯的通道在山底漫延。病房順著山洞，向內部沿伸，病床則沿著山壁，一字排開在兩側；雖然外表看似簡陋，但「花崗石醫院」一直是金門地區最重要、也最具規模的醫院。

　　至於「金門防衛司令部」的所在，就設在太武山底中心。整個掏空的太武山裡，至今依然戒備森嚴，外人難窺其貌。不過山洞內部同樣四通八達，甚至通暢的範圍更廣泛得多。

　　與翟山坑道可以行舟所不同的是，太武山裡可以行車，而且行的是坦克、戰車。從島的這一端，經過這條隱密的地道，坦克車可以直接支援到另一頭。金門的最高指揮中心，就這樣掩藏在最深處的地底。

地下社會 除 非 能 看 到 外 面 的 世 界 ，
否 則 ， 我 們 怎 麼 知 道 我 們 不 是 生 活 在
某 個 地 下 社 會 ？

從地上和從地下來看金門，果然是完全不同的兩個世界。

過去的半世紀裡，金門由地下的那端戰備世界所統轄，所有人也活在地下宣稱的那個世界觀裡面。

直到地面的砲火逐漸平靜、直到地下的洞穴開始崩頹，

這時，都已過了幾十年。

然後，我們終於準備走出

那個心靈封閉已久的地下社會……

在求證了一切真理的基礎之後，西方的「現象學」卻質疑說：

雖然你現在能證明「1+1=2」，而宣稱它是真理，但你怎麼證明你不是在夢境中呢？

只有當夢醒的時候，你才會發現，原來一切栩栩如生之境、一直以為的真實，甚至一直相信的邏輯，原來都是虛幻一場？你怎麼知道證明了真理的你，待會兒不會從另一場夢境中醒來呢？

中國的莊子，有一次夢到自己變成蝴蝶，醒來後他也一陣恍然地說：

究竟是我剛剛夢到變成蝴蝶呢？還是現在蝴蝶正在夢到變成我？

對經驗論者來說，這樣的哲學思辯或許流於空洞或狡辯，但對真正想要探尋真相的人來說，這卻是關於「真實」一個不可迴避的問題。

有一部南斯拉夫的影片叫「地下社會（Underground）」，講述一個挺荒謬的故事，有一群人，基於政治信仰，長期生活在地下，不斷生產著槍械軍火，供在地上出生入死的游擊隊伙伴們，去搶攻他們理想中的政權。基於高尚的革命情操，他們團結一致，源源不斷生產槍砲、供給地上游擊隊需要，同時他們也在地底努力教育著下一代，為未竟的革命大業繼續奮鬥。這樣過了許多年，孩子都長大談戀愛了，有一天，隨著他們所尊崇的游擊隊領袖過世，地下的人竟意外發現，游擊隊長早在多年前就當上了地上的總統，執掌著國家的政權。而這批虔誠的地下伙伴，卻長年在地下默默生產著軍火，供地上的統治者揮霍。

表面上看起來，的確是個荒謬的故事，然而真正荒謬之處，卻在於它的真實。這樣荒謬的真實，不見得不曾發生在我們周圍。

除非能看到外面的世界，否則，我們怎麼知道我們不是生活在某個地下社會？

知 名 的 歷 史 背 後 ， 是 寂 寞 。
忠 貞 的 信 仰 背 後 ， 是 閉 鎖 。

在過去，真實的金門，既不能至、也
不能說。

從官方的宣傳裡，我們所知道的金
門，就是頂著「反共大陸的跳板」、
「光榮的戰地」等驕傲的光環。尤其
「八二三炮戰」，雖然是金門人心目中
最慘烈的驚魂夢魘，但仍被宣誇成一場
「奠定反攻復國基礎的『光榮聖
戰』」。

歷來的軍教電影片裡，總愛以金門歷

史為教條，如《八二三炮戰》、《古寧頭大捷》、《金馬女兵》等，在這些背負著政治宣傳任務的影片中，從不曾出現過半個金門百姓，也不曾描寫過這片土地本身；彷彿金門著名的歷史，是脫離這片土地與人民而獨立發生。

事實上，正因為無緣見識到戰火及軍管在這片島嶼上深刻留下的烙痕，所以，金門才始終籠罩著一層神秘的面紗。在這層面紗下，那些頭戴光環的知名戰史，其實是金門人最不願去記憶的驚悚浩劫，而所有描寫金門戰事的軍教片，對第一線的金門人來說，都只能算是虛構的戰爭片罷了。然而沒有人認真看待這些經歷的真實之姿，只是不斷以它們為素材，打造一個個美麗神聖的政宣神話。

直到金門解嚴開放觀光前，還有許多人以為金門只有阿兵哥、沒有百姓，許多人也始終相信著，所謂金門就是政宣教育系統裡所聲稱的那樣，以戰地、軍備著稱，也以國防、軍管為重，這樣的形象、這樣的價值觀，到最後，連金門人自己也信仰了。

於是，軍徽可以順理成章取代家族的牌坊，百姓皆兵、子弟也以從軍為尚，金門悠久的文化特徵，在此中斷，無人哀傷。數十年的管、教、養、衛，終於造就出金門的「光榮」戰史，更造就出金門上下一心的忠貞信仰。

昔日，蔣家政權時代，總統府及官邸挑選的侍衛，都以金門人為大宗，

因為「金門人」就意味著「忠心」的保證、意味著對國家領袖信仰的虔誠。

或許，對歷史、對處境，抱持相同的詮解，會使人比較不感寂寞；

然而，整個社會的詮解都相同時，卻有可能是因為閉鎖。

島孤人孤的地下黑暗

1993年八二三紀念日，上千名金門人身穿野戰迷彩服，舉著「沒有金馬、就沒有台澎」的鮮黃旗幟，遊行過街。部份台北市民，面露曖昧神情，竊竊訕笑。沒有金馬、就沒有台澎、也就沒有反共復國的大業，這不僅是金門人死守前線的理由，更把它視為神聖責任的所在。可是，到頭來，台灣卻不見得要認這筆帳。

畢竟，對台灣來說，「反共前哨」、「戰地前線」這些字眼，聽起來是多麼遙遠、又像是不曾存在過的東西。

相反地，對金門來說，卻是多麼切身、現實的經歷。躲了二十年的砲彈不說，每家壯丁，以及未婚女子全都要當兵（民防自衛隊），除了經常操練演習，整個村莊、整個島嶼，更被建設成一個龐大的軍營；數著幾十年來漫長無邊的宵禁，誰也不知道黑暗的歲月什麼時候才會過去。

在這同時，台灣則經濟起飛、社會邁步前行，許多金門遊子，為了求學、就業，也漸漸來到台灣。當他們第一次踏上高雄火車站、或站在台北西門町街頭，反應幾乎都是想哭：

為接觸到眼前的繁華世界而想哭、更為了想到家鄉的孤苦黑暗而更想哭。

古寧頭人李先生在八二三過後遷居到台灣來，他就這樣描述過：「家鄉猶是一片戰火，」他站在繁華的西門町，看

著滿街摩登的青年男女，還有耀眼的霓
燈閃爍，「相對自己一身狼狽，只覺茫
然，過後很久，卻覺得沉重和孤單。」

　　島孤人孤的經驗，對金門來說，不止
發生在戰場，更發生在現實每一個地
方；當時致力於經濟起飛的台灣未能體
會，現在的台灣更無法理解。可憐的
是，金門卻這樣獨力撐持著生存、獨力
守衛著前方，只能獨力作戰、自立自
強。

宣傳的假象

深夜裡，聽慣了昔日播音站聲音的金門人，似乎還能隱約聽見：

「親愛的大陸同胞、共軍弟兄們，我們的領袖蔣總統說，『不是敵人，便是同志』，趕快投奔自由的祖國、起義來歸吧，讓偉大的三民主義，統一中國⋯⋯⋯」

相對於我方的宣傳，對岸也發出這樣的廣播：「敬愛的蔣邦弟兄們，偉大的祖國召喚您！眼前的革命是一片大好，國家的建設正突飛猛進，壯麗的河山、強盛的祖國，期待您的歸來⋯⋯⋯」

如今，「馬山播音站」的聲音已不再對對岸播送，而是播給觀光客聽的了。

對岸的宣傳廣播，則只殘存在斑駁的記憶中。　可是我們依然記得，除了「宣傳廣播」，還有「空飄氣球」、「宣傳砲」、「宣傳單」等等，充斥在金門人的生活中。有對岸宣傳過來的，也有我們反宣傳回去的——

這些內容裡，有兩岸富裕幸福的生活樣板，還有對對方痛苦生活的人道悲憫：共黨統治底下的大陸同胞「水深火熱」，蔣邦統治下的台灣同胞「只吃香蕉皮」，就這樣，雙方互相宣傳著誰也不相信誰的政治神話，反倒是我們自己，對自己所說出的不確定的話，反倒容易信以為真，好像兩岸的這些宣傳技倆，口徑對的不是敵人，而是自己？

歷史的真相是什麼？
世界是什麼樣子？
金門的位置在哪裡？

關 於 「 八 二 三 砲 戰 」 那 場 光 榮 神 聖 的 戰 役

「1958年八月二十三日，開始了『金門砲戰』，從一開始，毛（澤東）就把『砲打金門』當做一個籌碼，以便於左右『中蘇』、『中美』、『蘇美』之間的關係，……他砲打金門只為觀察美國的反應，……這是一場賭博、一場遊戲，所以『金門砲戰』就像開玩笑一樣。……

他對我說，『金門和馬祖是我們和台灣連結起來的兩個點，沒有這兩個點，台灣可就同我們沒有聯繫了。一個人不都有兩隻手嗎？金門、馬祖就是我們的兩隻手，用來拉住台灣，不讓它跑掉。這兩個小島，又是個指揮棒，你看怪不怪，可以用它來指揮克魯雪夫和艾森豪團團轉』……」

～摘自李志綏著《毛澤東私人醫生回憶錄》p.260

Ending

歷史當然不是任何單一個人所能設計，當然也不只存在於單一個人的詮釋裡。

雖然嘗試著從世界的歷史地圖裡，尋找金門的座標，但最貼近真實的，還是我們的記憶、我們的經歷。

我們只能透過述說自己與土地，來參與金門歷史的詮釋；讓數以萬計的百姓記憶，不致淹沒在單一的官方說法裡。

6.歲歲平安

世紀末，
時間計算到了一個段落；
一個總結，一點檢討，

為了讓記憶延續到下一個世紀，
不惜翻攪過往滔滔！

一切感傷，
只為歷史不要重演，前人的悲苦已矣，
後人莫再重蹈覆轍。

「金門已經開始動了，有許多像董振良這樣對家鄉充滿熱情的人回到金門從事文化工作，有人開始做民間歷史的蒐集，有些人則對金門的一些風土民情作研究，而另一部十六釐米的紀錄片也正在醞釀中。《單打雙不打》已經為金門自己的歷史和文化，用力的踏出了一大步。」—（蕭菊貞，原載於《新新聞》）

這個世紀的金門承受了太多苦難，戰火雖已過去，龐大的恐懼卻仍縈繞心頭，對老金門人而言，一句簡單的歲歲平安，太過心酸。

人民有免於恐懼的自由，這是基本人權；這麼一小步，卻讓金門走了近半世紀之久，《單打雙不打》只是個引子，一顆石子，投擲下的水花四濺，漣漪漸漸泛開，金門啊！金門！不斷，不斷地擴散出去。

　　現在，金門人思索著歲歲平安之後的安和樂利如何繼續。

　　破壞之後的建設才正開始，古蹟之城要如何創新風貌，如何追上下一世紀發達的腳步，一連串的問題考驗著金門人，更考驗著中央政府的智慧；而另一頭，兩岸關係時而緊張時而舒緩，作為海峽兩岸最後戰地的金門，戰爭惡夢仍舊難以遠離，和平看似不遠，卻始終難以降臨，居安思危，在所難免，可苦的

總是金門的百姓。

　　過往，前線保衛著大後方，而今，卸下戰爭盔甲後的前線，除了歷史傷痕，所剩無幾，人禍已了，奈何天災紛沓而至，前進的腳步怎堪遲緩顢酣！

　　一九九九年十月，金門有史以來最大的風災，蹂躪著早已貧瘠不堪的土地，災情雖為嚴重，卻因九二一大地震的餘波未平，台灣關注缺缺。雖然如此，金門仍以自立自強的傳統精神，全民動

員，復建家鄉。然而，除了風獅爺的守護，除了堅強自覺以外，金門人還可以期待什麼？同為中華民國的一部分，豐饒的台灣，不論人力物力等資源都遠勝於外島；邊陲之地，骨肉血親仍不可分，金門的未來，需要全台灣的支持。

歸來

飄溢著酒香的滿地高梁，
堅實的花崗岩地上，
風獅爺靜靜地矗立著，
金門的子嗣啊，
故鄉
不在甜美的夢裡，
在波濤的海上！

歷史早已煙飛雲散，面對未來，金門
還有一大段路要走。就像祖先當年的披
荊斬棘，現在，金門人要在這片彈孔早
已斑駁的土地上，重新思索，尋找出
路，即使戰火無情、政治無義，仍要守
著自己的根，守著金門，繼續生活下
去。

1987~1996

1987~1996
金門解嚴前後十年人民紀事
資訊提供:金門報導社/金門日報鄉訊版
資訊整合:楊樹清

1987

07.15:台灣地區解除戒嚴,頒佈《國安法》。

08.21:「金馬團結自救會」赴新店市福建省政府請願,請求金馬解嚴、開放觀光、實施地方自治。隨後,自救會成員翁明志、王長明、陳振堅等三人遭國防部限制返鄉。

09.01:開放金門電話直撥。

09.18:馬祖東引鄉民劉家國、林金順、林清壽等59人發起聯名請願,要求終止戰地政務、取消金馬專用幣、改善交通、電話直撥、身分証替代出入境證件、取消貨物進口稅、開放觀光。

09.27:立法委員趙少康向行政院提出緊急質詢,內容以「金門地區人民基本

權利遭受到剝奪,形成同國人民差別待遇的情形,促請政府全盤了解,徹底改善」。趙少康的質詢內容分「政治權益」與「生活權益」兩方面。政治權益:1.不能來台旅遊及出國觀光。2.在台之金門人返鄉探親,限制名額。3.自衛隊役不發放薪餉,且三餐須自備。生活權益:1.攜帶電器至金門需再度課稅。2.急病就醫須等待醫生証明才可飛台救治,慢性病只有等待船期。3.來台工作需有聘書,遷徙自由受限。4.台金民間不能互通電話,有違通訊自由。5.船班有限,加上寒暑假的戰鬥營,金門返鄉民眾,只有隨地就寢,形同難民。6.金門平均國民所得不及2000美元,但消費水準高於台灣,電價每度五元,怎不貧困?

11.02:台灣正式開放老兵回大陸探親。

1988

01.12:馬祖南竿民眾劉家國、陳瑄健、李秀華等83人發起聯名請願,要求終止戰地政務、縣長民選、成立縣議會。請願書被國防部沒收,副本挾帶出境刊於《馬祖之光》第二十四期。

02.13:翁明志、王長明、陳振堅等三人因被列入黑名單,赴內政部抗議。

02.15:台北號角出版社出版報導文學家陳銘磻編《報告總統》一書,收錄林行德<為金門軍民請命>、楊樹清<金門,你為什麼不生氣>兩文,出版社特以雙掛號贈書兩冊至總統府予新任的李登輝總統施政參考。

07.11:國民黨十三中全會金馬代表楊

成家、王水彰、蔡振智等58人提案籲請政府終止戰地政務。總政戰部執行官楊亭雲出面協調撤銷該提案未果。

08.28：以「建設家鄉‧回饋鄉里」為號召的金門學人聯誼會宣告成立。

09.06：金門學人聯誼會組團返鄉訪問、座談。烈嶼鄉親提供「戰備米」要求帶至台大生化所化驗是否含致癌物。

12.03：金門縣長唐雄飛接見金門學人聯誼會理事長李國忠、總幹事陳允火等人，討論金門興革之道。

1989

03.07：金馬旅台鄉親曹原彰、董志謀、董東漢等數十人赴立法院請願，要求終止戰地政務、電話直撥、改善馬祖空中交通。董志謀當面責備金馬立委黃武仁不關心金馬問題，因而拒絕由黃武仁接見。

03.07：董振良開始紀錄拍攝金門馬祖在台的所有抗議請願等活動。

03.08：立法委員朱高正、黃主文在台大校友會館舉辦「金馬地方自治公聽會」，學者陳德禹、董翔飛，立委黃武仁，金馬民眾楊建洲、楊成家、曹原彰等人均與會。

08.19：金馬愛鄉聯盟舉辦「金馬問題面面觀」，由楊國樞、康寧祥、李伸

一、蕭新煌、李鴻禧、趙少康、楊孝榮等主講，曹原彰、翁明志、曹淑官、楊成家、董振良等數十鄉親與會。

08.21：「我的家鄉是戰地」演講會在永和市國父紀念館舉行。

08.23：曹原彰、翁明志、黃積軍、劉家國、陳明泰等二百多位金馬民眾走上台北街頭進行「八二三金馬大遊行」，提出終止戰地政務、電話直撥、解除入出境管制、改善交通、歸還軍方佔用土地等十大要求。隊伍由中正紀念堂出發到立法院，中午轉往新店市福建省政府請願。全程由董振良錄影，董群耀作詞作曲。

10.24：翁明志等十多人赴立法院舉辦「金馬禁忌特展」，在立法院大門口展出十多種諸如收音機、籃球、輪胎等軍管下的管制品。

1990

02.10：陳振堅變造出入境證闖關成

功，當要離金時被捕，於金門港警所內撕毀出入境證，被送法辦判刑六個月。

05.23：行政院經建會研擬金門地區綜合建設方案，所需經費達72億元。

07.01：廢除金馬人出入境證管制。

07.17：金門自衛總隊拂曉出擊查緝走私大陸文蛤150公斤。

07.30：台北《自立晚報》載，台灣正委託美國專家尋找台灣島以外儲存核廢料的島嶼，地質屬花崗岩層的金門榜上有名。

08.02：台北《中國時報》引用福建高等法院金門分院檢察署向法務部報告，報導：金門色情汜濫、漁民走私成風、金門軍民已漸失敵情觀念。

08.06：《金門報導》試刊號推出，強調＜金門，不一樣了＞，以＜色情・社情・敵情？＞作為試刊號社論，社長楊樹清在＜金門人語：很小，但很重要＞專欄文中號召鄉親義工投入金門民主改革、社會改造工程。

09.06：金門防衛司令部對金門黃姓青年開車入尚義機場案作出判刑八個月判決。

09.06：《金門報導》創刊號正式誕生，頭版頭題

＜金門人世紀大恐慌：核子廢燃料VS金門＞，社論為＜金門人，生氣吧！＞，另有＜廢除戰地政務？許水德：還不能談＞、＜金門未來軍事角色？馬英九：改變不大＞、＜金門能向軍管說再見？＞、＜共同營造金門＞、＜金門不能再沈默＞等報導與評論。《金門報導》每期發行12000份，免費贈閱在地及旅外金門鄉親，期能喚起金門人參與家鄉事務，推動民主改革的熱情。

09.11：海峽兩岸紅十字會在金門仁愛之家秘密舉行《金門協議》。具共產黨員身分的國務院對台辦副局長樂美真等「五人小組」登陸金門。

09.12：《金門協議》結束，責成兩岸非法入境者遣送問題的方式與共識，金門因而寫下兩岸進行談判的第一章。

09.12：《金門協

議》在金門草木皆兵進行之日，金門高職教師陳清寶攜帶民眾要求軍方歸還農地及軍糧加工廠結束營業要求加發遣散費的陳情書欲會見來金門視察的監委施鐘響與林孟貴，卻因故被阻撓，陳清寶稱在金門衛生院的大門口遭警方「挾持軟禁」而散發＜九月十二日一場可怕的夢魘＞聲明。

10.09：金馬立委黃武仁提書面質詢＜廢止戰地政務、落實地方自治，使金門地區邁向民主憲政的道途＞，要求行政院長郝柏村重視。

1991

01.06：《金門報導》揭曉1990年金門10大新聞鄉親票選結果：1.72億元綜建金門案。2.台金直撥電話跳票。3.復興高金航線開航。4.興建丙種航空站。5.諮詢代表選舉產生。6.兩岸紅十字會金門協議。7.出入境簡化作業。8.金門人・李清正出任軍派縣長。9.《金門報導》

創刊。10.黃武仁85會質詢期掛零。

02.02：李登輝總統訪問金門，發生農民陳水鵬下跪陳情事件。

02.08：《返鄉的敢炕》

02.08：導演董振良返金拍攝《再見金門》，被警方以「持有攝影機、公開放映、張貼海報、散發傳單」等為由留置偵訊四個半小時，毫無人權可言，董振良提出八大反制理由，高呼「我不是現

行犯！」

02.17：《金門報導》主辦的「第一屆金門藝文成果展」因「政治力介入」，租借不到場地下，致無法展出。

03.12：行政院長郝柏村答覆立委黃武仁質詢指出：動戡終止，金馬戰地地位不會改變。

03.18：金馬五名諮詢代表劉家國、林日福、陳貴忠、陳寶官、林金量等赴立法院請願，要求5月1日終止戰地政務實驗，反對金馬繼續戒嚴。

05.01：李登輝總統宣布即日起中華民國結束動員戡亂時期。國防部宣布金馬繼續戒嚴、維持戰地戰政務。

05.03：軍派金門籍政戰上校陳水在接替李清正，入主金門縣政。

05.07：金馬諮詢代表、旅台鄉親、大專學生等數十人赴立法院進行「507反金馬二度戒嚴」運動，靜坐、夜宿立法院群賢樓，進行長期抗爭。首日在立法院議場，總召集人黃積軍、副召集人張福美偕學生代表楊婉瑩、楊婉苓、鄭雅倫與駐警爆發肢體衝突，迫使議事中斷。

05.16：「507反金馬二度戒嚴實施軍管」，群眾在立法院抗爭十一天後，國防部副部長陳守山下午接見陳情代表作出「善意回應」。

05.17：507運動進入尾聲。董振良以要返回金門拍《再見金門》為由，籍以突顯金門種種不合理的限制，引起各大媒體的大幅報導。

05.17：「507反金馬二度戒嚴實施軍管」運動結束。

08.01：經507抗爭結果，金門開放個人可以持用攝影機。

10.02：立法院長梁肅戎接見金門民眾楊肅元、李增城等人，為原定9月30日終

止戰地政務跳票案向金門人民致歉。

11.01：立委黃武仁緊急質詢行政院長郝柏村，強調「戒嚴」與「安全」不能劃上等號。

11.05：金門諮詢代表會舉行第四次定期大會，諮詢代表賴育千主張立即解散諮詢會，同時要求軍派的陳水在縣長跟他們一同「辭職，以謝縣民」。

11.16：立委陳水扁在立法院質詢國防部長陳履安，指金防部「非法炸山」，把金門的翟山炸平了，炸出的花崗石流向不明，可能牽扯到「軍商勾結」，陳履安答詢不知此事，將於15天內查明「翟山事件」。

11.27：國民黨高度關切及軍系立委全力「護航」下，取代金馬戒嚴案的《金馬安維條例草案》於11月16日、20日、27日三天經由立法院國防、內政聯席會議「快審」中通過，僅作部分修正，但採納立委黃武仁提案加上「輔導條例」送交院會二讀。黃武仁保留多項院會發

言權，陳水扁表示該條例比戒嚴案還嚴重恐怖，強調「金門解嚴愈解愈嚴」。

12.09：「翟山事件」之後，古崗村民發覺軍方繼續利用夜間載運翟山花崗石，遂由村長董清池偕同村民以血肉之軀，橫躺路中阻止載石車通過。台視記者顏伯仁前來採訪拍攝亦遭軍方阻撓。

12.21：國民黨提名的陳允火、國民黨自行參選的楊肅元雙雙當選第二屆金門

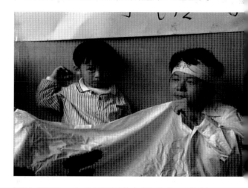

國大代表，小金門籍博士吳成典、改革訴求的陳清寶以高票落選。選舉期間，金門首傳買票疑雲。

12.25：李增城發起的「金門公共事務研究中心」在台北青工會成立大會。

1992

01.02：金沙陽宅爆發憲兵抓充員兵，過程中憲兵比劃手槍向民眾示威事件。

01.03：金沙陽宅爆發男子何素仁被軍人毆成腦死事件。

01.06：金湖料羅所屬「金興二號」漁船在福建沿海作業不慎撞及一艘大陸舢舨，造成大陸漁民四人落海、兩人獲救的事件，引發兩岸海事糾紛。

01.24：一批為數4410瓶金門高粱酒遭到高雄港警所以「未稅私酒」全數查扣，移送法辦，引起金門民意「金酒銷台一國兩制」強大反彈。

03.01：新科國代楊肅元、陳允火在西南門里公所聯合舉辦「修憲與金門」座談會，學者朱新民強調「金門人所受到的限制，政府應有替代性補償方案」，陳德禹強調「金門問題不能用法律處理的，就用政治解決」。

03.06：《金門報導》第19期刊登1988年一篇影響金馬軍管體制逐漸鬆動的《金馬萬言書》秘密文件。

03.13：「313金門人抗議一國兩制」為被查扣金酒赴立法院、財政部陳情，高舉「戰地政務慢慢睡，中華民國萬萬稅」等抗議布條，在財政部爆發衝突。

03.23：「金門縣政建設研討會」，23

日至28日在金門縣政府召開，「廢止金馬安維條例」、「兩岸小三通」都是議題，《金門報導》社長楊樹清倡議發展《金門學》研究、出版《金門學》叢刊，獲得與會人士李錫奇、陳龍安、卓播英、盧志輝等大力響應，軍派縣長陳水在亦表支持，指示列入專案研究。

03.23：「金門縣政建設研討會」召開日，中共福建省委書記陳光毅接受台北《中國時報》專訪，主張「兩門對開、兩馬先行」，以金門和廈門、馬祖和馬尾為試點先行兩岸「小三通」。

03.17：一句「台灣來的警察有啥路用？」惹毛警察，金湖警察所蔡姓巡官率四名保一總隊隊員私自將金湖新市里風光百貨老闆李成建帶走進行偵訊筆錄，一小時後始放行。

03.26：金防部司令李楨林中將在太武山擎天峰接見參加「金門縣政建設研討會」的旅台學人，並破例接受《金門報導》獨家採訪、攝影；表示軍隊在駐紮在金門所造成的一些不便，希望軍民之間要互相的諒解。

03.28：打著「建造新金城、做為未來新金門的標竿」，「改革派」的許永鎮高票補選上金城鎮第五屆鎮長。

03.30：軍派縣長陳水在接受《金門報導》獨家訪談，提出「開放與開發是金

門未來兩股主流」、「標售公產是地方政府例行政務」、「縣建會總結內容將充分評估執行」、「我將盡心盡力寫金門歷史」。

04.01：愚人節，金門體育場，號稱有一萬五千軍民參與的「軍民聯歡園遊會」，爆發一起軍官阻擋《金門報導》記者拍攝司令官「正面」照片致發生言語衝突場面，幸經司令李楨林中將及政委會秘書長黃偉嵩少將一句「沒有關係」才平息爭端。

04.01：金防部政戰主任兼政委會秘書長黃偉嵩少將在金防部接受《金門報導》採訪團楊樹清、許永鎮、陳自強、王建裕獨家專訪，自稱「末代秘書長」的黃偉嵩慨談「金門開放是必然的」、「民意終究是無法阻擋的」、「國安法規範，不見得對金門有利」、「82年底，金門可望開放觀光」。

04.10：行政院陸委會副主委馬英九接受《金門報導》社長楊樹清、社務顧問呂振南獨家專訪「兩岸小三通」課題，就大陸提出的「兩門對開」由金門與廈門先行三通，馬英九回應道：「要開就通通開，不要開那麼一點！」

04.26：八個金門同鄉理事長全員到齊，馬拉松式進行長達八個小時激辯，達成赴立法院反對制定《金馬安維條例》抗爭共識。

05.02：呂應心創辦的《金馬日報》創刊。

05.21：中共廈門市常委書記兼秘書長劉豐告訴《金門報導》記者，表示要送一對石獅爺到金門給縣長陳水在作為「小三通前的見面禮」，陳水在聞悉後表示「不是時候」、「不宜接受」。

05.28：第二屆國民大會臨時會三讀通過《憲法》增修條文十八條第四項，有關金門人民權利明文列入保障：「國家對於自由地區山胞之地位及政治參與，應予保障；對其教育文化、社會福利及經濟事業，應予扶助並促其發展。對於金門、馬祖地區人民亦同。」

05.30：部分縣民醞釀罷免諮詢代表會會長案。

06.18：翁明志等號召的「金門大專學生田園調查團」在台北市康園會府聚集發起。台大學生郭哲銘、郭哲來、薛中仁、周群新、許明義及興大許友義、技術學院洪世固等共同參與。

07.02：中共國務院副總理吳學謙、福建省副書記袁啓彤接見金門籍國大代表楊肅元一行，楊肅元重申「兩門對開」。

07.16：立法院三讀通過《金門馬祖東沙南沙地區安全及輔導條例》（簡稱金馬安輔條例）特別法，立委黃武仁抨擊該條例「解嚴後刑責反而加重，真是天大笑話」，丁守中：「金馬真正的安全是開放改革，不是限制」，陳水扁：「金馬要的是輔導，不是安維」，謝長廷：「繼續管制金馬出入境，特權更加橫行」。

09.01：金防部司令葉競榮走馬上任。原司令李楨林結束在金門兩年又一個月艱苦、多事之秋的任期，出任陸總部副總司令。

09.03：「金門各界追討在台眷村產權·九三金門人還我河山大遊行」，兩百餘民眾在諮詢會會長盧志權領軍下從台北市羅斯福路二段出發，一路走到立法院、監察院、中央黨部遞陳情書抗議。

09.07：「831軍中茶室」裁撤後，金門發生首宗軍人強暴民婦案。縣長陳水在憂心：「幾萬名金門的軍人是隨時可

能引爆的不定時炸彈」，金門縣務會報責成建請內政部特許成立「軍中公娼」解決軍人性問題。

09.13：行政院陸委會公布《兩岸直航說帖》。金門縣長陳水在透過中央社發佈了「金門已做了『兩門對開』的準備」。

09.17：海基會秘書長陳榮傑從金門新

湖漁港乘軍方所屬的「忠誠號」一路航行到廈門與中共海協會秘書長鄧哲開會談。中央社記者獨家取得陳、鄧在廈門握手照片。

11.06：民進黨黨主席許信良欲搭機赴金門慶祝解嚴、為該黨徵召立委候選人翁明志造勢，被以天候因素困在松山機場。

11.07：金馬解嚴，終止戰地政務實驗。《金門報導》二週年度發起的「1107慶祝金馬解嚴、終止戰地政務」活動，鄉親歐良志、許永鎮、魏欽源等贊助的千尺鞭炮從金城精神堡壘一路延申到地方法院，由官派縣長陳水在、臨時縣議會議長盧志權、陸委會文教處長龔鵬程、《金門報導》社長楊樹清共同點燃，象徵著金門舊體制的結束，新時代的來臨。龔鵬程應邀發表＜兩岸互動中的金門＞演說。

12.05：新國民黨連線立委李勝峰赴金門城隍廟為國民黨違紀參選立委的陳清

寶助講造勢，拋出「假如一旦台灣獨立了，金門要靠那一邊？」、「金門很多建設是長官的角度來建設，可以沒有長官，但不可以沒有人民」等論點，吸引滿場選民，演講錄影帶撒滿大街小巷。

12.19：金門二屆立委選舉於下午五時揭曉，國民黨違紀參選的陳清寶以10926票對9048票，打敗國民黨提名的候選人吳成典，民進黨徵召的翁明志獲557票。金門人以「人民的國民黨打敗長官的國民黨」來形容選舉結果。選前一夜至清晨，也爆發了「疑似賄選案」及「候選人遭挾持」的羅生門事件。

1993

01.04：金門立委當選人陳清寶及馬祖立委落選人曹原彰在政壇非主流的「新國民黨連線」立委趙少康、李勝峰、陳癸淼陪同下在立法院召開「關心金馬民主記者會」，並指控軍方「選後算帳」。

02.05：李登輝總統接見金門立委陳清寶等人時，陳清寶向總統陳述「中華民國不止台灣省，還包括福建省金馬兩地，但國建八兆兩千億元經費，金門卻一毛錢都沒分到，太不合理了」。

02.07：民進黨的魏耀乾、學者彭明敏提出「金馬人民自決論」；民進黨前主席黃信介接受《金門報導》訪談時指出，「一旦民進黨執政，金門屬於台灣」。

02.25：林正杰、韓國瑜、陳清寶等三立委在林正杰國會辦公室激辯「金門該不該撤軍？」，韓國瑜主張「撤三萬」，

陳清寶反對。林正杰以「另類思考」提出由金門菁英分子組成「接管金門委員會」來接收軍方撤離後的金門社會。

03.04：金門臨時縣議會三讀通過《福建省金門縣管理娼妓辦法》，准予大、小金門設二至三處妓女戶。

03.05：烈嶼九宮碼頭爆發軍民肢體衝突事件。

03.12：立委陳清寶主辦，《金門報導》策畫的「搶救慈湖野鳥—金門生態保育與國家公園籌設公聽會」在立法院舉行，與會產官學各界代表達成生態保育的共識，指金門自然生態不能在商業開

發下淪陷，應將慈湖列為水鳥自然公園保護區。

04.10：抗議軍方核准烏沙頭採沙權，古寧頭村民五十餘人集結於金門縣政府陳情抗議。

04.12：金門各級民意代表致敬團晉見連戰院長與李登輝總統，提出金門作為兩岸中繼站建言，李登輝回覆，中共尚未承認台灣是一個政治實體下，「這問題談遠了！」

04.16：立委林正杰在耕莘文教院編採

班所舉行的「模擬記者會」上宣告組織「離島連線」，並表示「金門一旦獨立依附廈門，日子會過得比現在好」。

04.27：立委潘維剛在「辜‧汪會談」之日緊急建議，下次請改在兩岸共治的福建連江舉行「連江會談」，且「連江」有連戰與江澤民之「連江合一」意含。

04.30：國民大會通過陳允火等34位連署的《規劃金、馬為兩岸通航之中繼站》提案。

05.28：金門慈湖西邊接近南山的夜鷺林與鷿鷈林，出現怪手以闢養蝦場為由開挖，大片樹林周內被砍划殆盡。

06.05：《金門日報》開闢鄉訊版，楊樹清擔任主編，每週六出刊，訴求「連繫鄉親‧凝聚鄉心」。

06.07：金門臨時縣議會十九名議員在《金門日報》、《金馬日報》聯合刊登廣告啓事支持陳水在參加國民黨縣長黨內初選登記。此舉引發金門議、政不分

「貓鼠同籠」之譏。

06.17：大陸偷渡客陳志強上岸擺攤算命為業十一天後被逮獲。

06.17：《金馬日報》宣布暫停出刊。

06.19：「解金門四十年之民怨‧新國民黨連線619金門說明會」，在金門高職、金聲大聲院各辦行一場，數千人爭聽，允為歷來金門人氣最旺的政治活動。

06.20：為籌設「金門戰役紀念國家公園」，營建署副署長胡俊雄首度赴金門辦座談會，卻因民眾反彈情緒高張，又在場外綁抗議布條，座談會開開停停，胡俊雄口出「是你們要我們來的，否則我們可以不來」再惹來激憤，胡被轟下台，座談會宣告流會。

06.21：行政院長連戰訪問金門，一群民眾連夜製作要求政府制定戰役賠償、

反制設立國家公園的布條、標語，擬向連戰陳情。由於計劃外洩，金防部憲兵科在民生路上下令警察抓人，發生一些口角衝突，陳情行動受阻。

06.21：二十多位金門青年凌晨聚集金城，發起籌組「金門民主黨」。

06.30：立委陳清寶質詢國防部長孫震「海岸巡防、金馬不設防」、「金門地區的海防空虛，已成為偷渡走私的樂園」。

07.14：柴松林教授在台大校友會館與「金門民主黨」發起人餐會，特別指出該黨一旦組織，有可能是全國最早執政的政黨。

08.10：中廣「尖鋒對話」節目主持人李濤邀立委陳清寶、王天競就「八二三

戰亂賠償是否適當？」為題進行尖鋒對話。

08.15：行政院長連戰在陸工會夜宴十四全金馬黨代表，為金馬過去體制與發展受到很大「限制」表達歉意。

08.23：五百位金門自衛隊員走向街頭「八二三台北大遊行」，要求制定《八二三砲戰及民防隊員傷亡撫卹補償條例》。總召集人陳清寶率群眾欲赴國民黨十四全會陳情途中，發生警民衝突。

08.30：立委洪奇昌國會辦公室舉行「離島振興法草案公聽會」，金、馬立委陳清寶、曹爾忠、澎湖縣長高植澎、《金門報導》社長楊樹清等人都應邀與會，口徑一致主張制定「離島振興」法案。

09.14：民進黨立委呂秀蓮、蔡式淵訪美提出「金馬人民自決論」。

09.23：螢火蟲映像體在金門舉辦首屆《金門戰鬥影祭》，並邀請台灣渥客劇團及歌手豬頭皮和阿德參與演出。

10.10：美國金僑洪秋木、文安妮、莊麗寬等四十六人在紐約雙十遊行活動中，抗議民進黨主張「金馬自決論」。

11.06：《反攻歷史》紀錄片記者會在立法院舉行，導演董振良、立委陳清寶、曹爾忠、彭百顯、謝聰敏與會。

11.07：金門解嚴周年，螢火蟲映像體導演董振良完成《反攻歷史》紀錄片在全台各民主有線電視台聯播。

11.07：金門解嚴一周年日，第一位「合法」登陸金門的大陸客–北京《文藝報》記者應紅小姐在畫家李錫奇、古月夫婦陪同下來訪，應紅說金門是她「走過祖國許多地方最美麗的地方之一」。

11.10：烈嶼鄉林姓女童遭軍人姦殺，震撼平靜、純樸的金門社會。

11.27：金門第一屆民選縣長投票產生，在國民黨開放競選下，陳水在得9685票，李炷烽得7977票，陳永財得2692票；官派縣長身分的陳水在以1708

票之差險勝身為部屬的社教館館長李炷烽。

1994

01.15：金門大嶝籍台大社會系教授張曉春計劃起「金門人權促進會」。

01.17：金門高中陳自強等九十多位教師宣布集體退黨，發表聲明沉痛指陳「既無力促使中央重視居於少數的金馬鄉親權益，不得不選擇退出國民黨」。

01.29：在金門第一屆民選縣議員「賄聲賄影」選舉期間，在金門行醫四十

年，有「金門洋菩薩」、「金門史懷哲」美譽的法籍羅寶田神父於01.27發生車禍身受重傷，01.29病逝於花崗石醫院，享壽85。

01.29：多達62人參與角逐，最高買票行情盛傳一票一萬五天價，金門第一屆縣議員選舉結果揭曉，王水彰等16人出線。

02.25：金門文化工商訪問團一行二十六人赴廈門促進兩岸小三通。

03.01：金門第一屆縣議員宣誓就職，王水彰、歐陽彥木分別當選正、副議長。議員陳水賜挾帶8隻小白豬傾入議場，高喊：「這是豬仔議會！」

與盧志

權、陳恩賜、李成義、王再生等六議員退出議場。「金門縣議會」新大樓「盧志權題」字樣也遭有心人士砸毀。

03.03：金門縣警察局長林世當接受《金門報導》專訪，指出金門社會犯罪型態漸趨有組織有凶器有計畫之幕後操縱。

03.10：議員審查議會預算，擬「自肥」1800萬元。

03.16：金門縣議會議長王水彰因疑似賄選案，遭檢方收押禁見，並限制住居，成了各大報頭條人物。

03.18：司法院長林洋港赴金門視察，針對議長賄選案，強調「速審速結，絕不寬貸」。

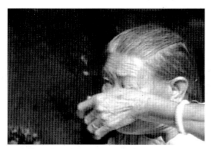

04.06：金門地檢署起訴金門正副議長賄選案王水彰等十名議員，全案移金門地院。

04.08：廈門市金蓮陞高甲劇團登陸金門公演三十八場。

04.26：中國藝術家協會策畫的「消失的金門戰地」活動，邀李錫奇、柯錫杰、陳水在等人在北市夏卡爾餐廳腦力激盪。

04.27：福建省政府主席吳金贊首開赴立法院備詢紀錄，接受立委陳清寶等人質詢。

04.28：在立委陳清寶、曹爾忠遊走運作下，《金門安輔條例修正案》於下午4時57分32秒在立法院三讀通過，修正部分包括放寬金馬入出境辦法、緩徵個人所得稅三年、釋放非有償登記為公有土地、金馬自衛隊員補償。

05.10：總統李登輝公布施行《金馬安輔條例修正案》。

06.01：賭禁開放後，金門是否爭取設立國際觀光賭場？引發正、反兩派議論。

06.15：福建省主席吳金贊首赴國民黨中常會作三十分鐘專題報告，要求福建省政府能「法制化、制度化、正常化」。

06.25：由金馬愛鄉聯盟、金門報導社、馬祖通訊社、立委林正杰服務處、翁明志服務處共同舉辦的「福建省政府的憲政定位與存廢問題公廳會」在台大校友館舉行，與會人士一致主張福建省長應比照台灣省民選產生。主持人之一台大社會系教授張曉春當眾宣布一旦開放福建省長民選，他將參與角逐。《金門報導》同時發佈「第一屆福建省長紙上票選」初選結果，由前大陸福建省長也是金門半子的賈慶林「暫時領先」。

06.25：「金馬與大陸小三通策進會」提出《金馬與大陸小三通說帖》。

07.02：螢火蟲映像體籌拍的《單打雙不打》（原名：燈）劇情紀錄片在鵲山開鏡，完全由金門人自資自編自導自演自製，強調是第一部「來自金門的百姓電影」。

08.06：大陸漁民不斷越界炸魚，由金、馬、澎民代串連的「806護魚行動」，利用「焦唐會談」在台北世貿舉行之際，向大陸海協會副會長唐樹備遞

交抗議信。

08.13：《金門報導》攝影組長許少昆錄製的《金門悲情檔案：誰殺了李金

珍？》紀錄片在金門有線電視網播出。李金珍是畫家李錫奇的姊姊，1953年七夕與祖母陳好慘死於軍方圍捕逃兵的槍口下。

08.26：金門漁民董瑞生、陳宗團、馬丁原、楊國和等四人25日搭乘金海益漁船自新湖漁港出海，26日在接近圍頭海域突遭中共公安逮捕。

09.11：由金馬國代、立委、議長合辦的「生命共同體與金馬政經建設－－從省長民選談起」座談會在國民大會忠孝廳舉行。

10.26：民進黨主席施明德提出「非軍事化－－金馬撤軍論」。

10.28：立委陳清寶，身著迷彩服，為反制民進黨的「金馬撤軍論」，在立法院議場與立委彭百顯大打出手。

11.02：民進黨提名台北市長候選人陳水扁赴金門縣議會釋疑「金馬撤軍論」，民眾舉「民進黨出賣金馬，不歡迎陳水扁來金門」抗議布條。

11.05：無黨籍立委林正杰在立法院召開「支持金馬撤軍記者會」。

11.14：小金門駐軍發生誤擊砲彈至廈門，造成黃厝村塔頭四人受傷事件。

12.16：1951年5月19日為海軍出使任務的金門「漁民國特」曾牽牛身陷廈門四十三載後，返回南門老家探親。曾牽牛的四位同志盧文、鄭永、陳炎、張水法早已客死他鄉。伏流影像工作室張煥宇、曾吉賢著手開拍名為《擺渡》的曾牽牛故事紀錄片。

12.21：祖籍金門的中國（福建）外貿中心副總裁林幼芳獲中共福建統戰部推派為福建省金門同胞聯誼會首任女會長。林幼芳的夫婿賈慶林曾任大陸福建省長、省委書記。

1995

01.01：金門建縣八十周年大慶。滯留廈門五十八年的許文辛回到南門里奎星閣下老家探親。

01.09：兩岸三地作家袁和平、高洪波、陳若曦、朱西寧、梅新、龔鵬程、劉國松、杜十三等在畫家李錫奇策畫帶領下赴金門進行為期三天的「金門文學之旅」。

01.23：自由日，董振良執導的金門百姓電影《單打雙不打》在育樂中心首映，金門電影訪問團成員井迎瑞、李道明、黃明川、平路、鍾喬、游惠貞、蕭菊貞等共襄盛會。

02.21：由金門學人聯誼會、立委陳清寶主辦，定名為「金、馬、台、澎，是不是命運共同體？從國統會改組、民進黨主席金馬地位未定論談起」，記者會在立法院召開，要求金馬人入國絕食。

02.24：《單打雙不打》在台北市政府大禮堂舉辦台灣的首映，後巡迴全省及遠赴馬祖映演。

02.25：國民黨中央政策會在立法院召開「金馬地區行政區劃之深層探討」，其中「成立軍事特別行政區、委託代管」一案引發與會金馬人「走回軍管老路」憂慮，砲聲隆隆撻伐。

02.26：《民眾日報》頭版頭條刊：「金門縣長公開主張以公投決定金門前途」。

03.29：金門首家民營電台「金馬之

聲」開播。

04.28：1962年在小金門當兵被捕的施明德，33年後以民進黨黨主席之尊造訪金門，原打著所提「金門撤軍論」風波恐將遭受金門人「蛋洗」，因而準備了四套西裝，所到之處，施明德意外受到「英雄式」的歡迎。

05.29：「漁民國特」曾牽牛病逝廈門。海軍總部同意發放70萬人道補償金。

07.10：金門警方在古崗海域破獲首宗解體機車銷贓大陸案件，幕後疑有一操縱「台、金、廈」兩岸三地龐大犯罪集團。

08.08：「金門地區鄉鎮長及村里長訪問團」赴台灣省政府拜會，副省長吳容明熱烈迎賓，指「國家是整體的」、「福建省長必須民選產生，才能落實保障金馬人的權益」。

08.17：國代陳允火提議國民大會秘書長陳金讓與中共人大會委員長喬石在金門進行兩岸和平談判。

09.09：中秋節，上午八時，近百位六十五歲以上，滯居閩廈的金門籍老人登上「華灣輪」

探親船，自廈門港出發，繞經黃厝、大小嶝的南面海域，再以鳴放鞭炮方式駛向烈嶼、大金門北面的軌道航行，在離金門東北草嶼最近不到三百公尺處打住，作為「回鄉」的一種方式。

09.25：TVBS「二一○○全民開講」節目以「閏八月·中共武力犯台的檢驗」為題，邀請陳水在、陳文茜、林郁方等人首次在金門作現場Call in。

10.07：《單打雙不打》入圍日本山形國際紀錄片影展、加拿大溫哥華國際影展、獲選美國夏威夷國際影展、澳洲國際紀錄片影展參展。

10.25：「金門環境保護聯盟籌備處」

發出「SOS搶救金門紅樹林」宣言，並在金城天后宮舉行保護金門紅樹林說明會。

10.18：占地3780公頃的金門國家公園在金門掛牌誕生，金門籍李養盛首任國家公園管理處處長。

10.19：台灣省議會以銷台憑證要挾金酒降價，金門縣長陳水在帶隊赴立法院抗議「一國兩制」。

10.20：立委陳清寶在立法院國是論壇秀出「金門高粱登陸，廈門街上擺地攤」抨擊公賣局拒發金酒銷售憑證，要求財政部一周內核發憑證，否則他不惜帶鄉親租船直航廈門賣金酒。

11.03：金馬64、65年次役男及其家屬代表一行四十餘人赴立法院、監察院陳情，懇請政府應考量該年次役男在戰地政務時期擔任民防隊員之事實，准予補檢為乙種國民兵。

11.15：法務部長馬英九提出現階段應以「專案許可」方式促使金馬與大陸福

建三通。

11.16：立委陳清寶發起「直航廈門賣金酒」行動臨時取消，仍有多位鄉親至水頭碼頭苦候多時，有人擅自駕漁船赴大陸，返航時遭捕。

11.16：福建省調查處破獲一起兩岸三地匯兌洗錢案。

11.18：行政院長連戰金門行，為國民黨立委候選人陳清寶站台助選送好采頭，不意遭大批縣民攔路陳情，訴求涵蓋了解決飛機噪音公害、中油設油槽、役男徵召、烈嶼缺水、缺電及醫療等議題，警民對峙6小時，國部部長蔣仲苓

怒指衝入院長餐會的民眾是「暴民！」

11.19：金門各界簽名連署要求國防部長蔣仲苓為「暴民說」向所有金門「良民」道歉。

12.02：金門第三屆立法委員選舉產生，國民黨提名的陳清寶以11041票尋求連任成功。五位立委候選人陳清寶、吳成典、張天欽、陳允火、許水增的共同主張是廢止《金馬安輔條例》，另訂金門建設發展條例。

12.12：金門縣農會驚傳超貸案，逾期放款比率高達百分之十七。

1996

01.02：中山醫學院公共衛生系研究報告，初步證實金馬戰備米穀物長期存貯易產生致癌黃麴毒素。

01.05：廈門市文化局長彭一萬訪問金門，拜會縣長陳水在，提出「以小兩岸帶大兩岸」金門與廈門先行小三通主張。

01.15：客居台灣省境內長達四十年之久的福建省政府搬遷回福建省境內的金門辦公，行政院長連戰親臨主持剪綵，勉福建省政府「安全第一・民生為先」。

02.19：金門王他和的搭檔李炳輝農曆春節應螢火蟲映像體與《金門報導》社主辦「單打雙不打成果展」活動返金門原鄉走唱。

03.01：民進黨謝長廷、張俊宏、邱義仁、林濁水等赴金門浯江飯店發表《金馬經濟政策白皮書》。

03.12：台海危機，中共對台海進行實彈演習首日，由台北正聲電台、金馬之聲、廈門鄉親共同串連的「金廈台鄉情連線」廣播節目在空中交會發音，訴求

「以鄉情對抗戰情」、「遠離戰爭、追求和平」。

03.18：陳水賜等金門六議員組「兩岸和平促進團」赴廈門、香港宣達反戰理念。

03.23：中共文攻武嚇下，完成首屆總統直選暨第三屆國大代表選舉，國民黨「李連配」在金門得票率百分之四十點六五，新黨支持的「林郝配」在金門得票率百分之二十九點六三，民進黨的「彭謝配」在金門得票率百分之十一點六三。國代選舉，新黨提名的李炷烽、曹原彰分別在金馬以最高票當選。

04.04：《單打雙不打》獲韓國斧山國際影展邀展。

04.04：本土電影《單打雙不打》應邀在新加坡國際電影節放映。

04.19：廈門紅十字醫院與金門愛心慈善基金會簽訂《建立醫療關係意向書》。

04.20：金門長期乾旱、水荒，民間倡

議兩岸共組「第三公司」自廈門引水金門。

05.15：中共宣布領海基點與基線，將金門、馬祖、烏坵在內的島嶼劃歸為其領海「內水」的孤島。

06.30：發行滿三年、出刊一五八期，享有口碑的《金門日報》鄉訊版因「政治力」介入，宣布停刊。「連繫鄉親・凝聚鄉心」的媒體訴求成絕響。

07.15：螢火蟲映像體與日本NHK電視台跨國合作拍攝《大陸新娘》，十二月

在NHK電視台播出。

08.21：金門大嶝籍台大社會系教授張曉春病逝台北，享年53歲。張曉春被譽為「勞工之父」，之後又致力於金門民主改革，為鄉親所景仰。

10.02：楊樹清、張煥宇、曾吉賢以＜消逝的漁民國特＞入圍第19屆時報文學獎報導文學獎（獲評審獎）。

10.04：金門防衛司令部請來英國廓爾喀公司排雷專家研究如何排除全島九處雷區。

12.31：由金門縣政府、稻田出版公司等單位共同研究推動的第一套《金門學》叢刊10種出齊，內容為1.《金門風獅爺》（陳炳容）、2.《金門島地采風》（李錫隆）、3.《金門人文探索》（張榮強）、4.《金門俗諺採擷》（楊天厚、林麗寬）、5.《金門聚落風情》（吳培暉）、6.《金門古今戰史》（張火木）、7.《金門歲時節慶》（楊天厚、林麗寬）、8.《金門祖厝之旅》（陸炳文）、9.《金門民間傳說》（唐蕙韻）、10.

《金門族群發展》（楊樹清）。《金門學》總策畫陳水在、總編輯楊樹清、總校訂龔鵬程。

製作／螢火蟲映象體

1989年成立，是台灣少數以紀錄片為專業的影像工作團體；多年來，堅持以獨立自主的精神，拍製社會人文的紀錄片；重要作品：《單打雙不打》、《X島嶼之兩門相望》、《解密831》、《斷曲》、《流離島影》聯合製片計劃等。

影像／董振良

1961年生，金門人，長年從事本土紀錄片拍攝製作，對戰地故鄉多所關注，1989年成立螢火蟲映像體，十年來作品不斷，為金門從軍管到民主一路走來，作了最真實的見證，重要作品有《單打雙不打》、《X島嶼之兩門相望》等，屢獲國際影展肯定。

文字／周美玲　吳靜怡

周美玲，1969年生，基隆人，螢火蟲映像體編導，紀錄片作品《走出布袋戲的老藝師》、《斷曲》等多次獲金穗獎，推動拍攝《流離島嶼》12離島紀錄片計畫。所編劇作《單打雙不打》出版成書，獲1995年金鼎獎推薦優良圖書獎。

吳靜怡，1976年生，桃園人，畢業於淡江大學大眾傳播學系，螢火蟲映像體企劃。

紀事／楊樹清

1962年生，原籍湖南，生於金門。《金門報導》社長、金門日報鄉訊版主編、金門文獻委員、《金門學》叢刊總編輯。曾榮獲台灣省長榮、梁實秋、聯合報、時報等文學暨金鼎獎，著作《被遺忘的兩岸邊緣》等。

Kinmen Ⅲ Pause1987~1997
解嚴前後金門十年影像誌

思想生活屋
《W0005》

國家文藝基金會
獎助出版

作者・影像／董振良
文字統籌／周美玲　吳靜怡
製作／螢火蟲映象體
策劃／董倫如
文字協力／楊樹清
企劃／曾雅蘭　許若雲
執行編輯／吳靜怡
美編／蔡靜宜
編輯顧問／楊樹清
出版者／思想生活屋國際文化事業有限公司
法律顧問／志律法律事務所杜淑君律師

地址／台北縣板橋市文化路二段445號10樓
電話／02-22546565 傳真／02-22507650
郵撥帳號／19354892
戶名／思想生活屋國際文化事業有限公司
印刷／鴻展彩色印刷股份有限公司
登記證／局版台業字第5443號
總經銷／農學股份有限公司
電話／02-29178022
出版日期／1999年12月31日初版第一刷
定價／300元

13002
89. 2. 24.